U0456868

亲爱的

Dear _____

这是鲁迅先生
This is a precious gift Mr. Lu Xun

留给我们的珍贵礼物
left for us.

我把它送给你
Here I present it to you.

_____

鲁迅经典全集

IV 家书集

湖南人民出版社

出版说明

从一九一八年发表第一篇白话小说，到一九三六年离世，短短十八年，鲁迅先生创作、翻译、整理、编纂等全部作品，累计多达一千五百万字，皇皇巨著，传阅至今，征服了亿万读者。

时至今日，出版界已有的鲁迅全集，多追求系统全面或热衷政治解读。作家榜版鲁迅经典全集，开创性通过互联网进行广泛深入的读者调研，浓缩汇集了近二十年来鲁迅研究成果，纠正现存其他各种版本已知讹误，最终精选鲁迅最具代表性的经典作品384篇，确保每一篇文章都有趣有温度，每一篇都是最具代表性的不朽经典，值得反复阅读；所有的篇目都跟今天的读者息息相关，无论读者年龄大小都无碍阅读，更不会因为时间流逝而过时。

作家榜版鲁迅经典全集，首次将鲁迅家书精选收录，可以让您在轻松愉悦的阅读中，走进鲁迅最隐秘的内心世界，了解鲁迅先生的温情；首次在小说、散文和书信中加上全新导读，避免误读、误解、误会鲁迅；首次收入鲁迅本人珍藏的各国明信片、版画及亲友照片，让鲁迅变得生动活泼，亲切可感；首次加入趣味横生的纯手绘插图，让您获得耳目一新的阅读体验……

我们希望奉献给读者一套有史以来最适合阅读、最值得珍藏的鲁迅全集。

我们相信，通过作家榜版鲁迅经典全集，您将了解一个最有魅力的中国作家，一个亲爱的鲁迅，一个百分之百的鲁迅。

编选《鲁迅经典全集》，我们的体会是：

粗鄙的时代读鲁迅，你会风雅；
娱乐的时代读鲁迅，你会智慧；
功利的时代读鲁迅，你会悲悯；
变革的时代读鲁迅，你会清醒。

中国作家榜《鲁迅经典全集》编委会

亲 爱 的 鲁 迅

——《作家榜版鲁迅经典全集》总序

  一个好作家必须有一只猫咪。爱伦·坡有一只猫咪，海明威有一只猫咪，马克·吐温有一只猫咪，布罗茨基有一只猫咪，博尔赫斯有一只猫咪，村上春树有一只猫咪。

  但，鲁迅没有猫咪，而且，他还仇恨猫咪，甚至，他养过一只拇指大小的隐鼠。

  他梦想生活在百草园，与蟋蟀们待在一起，与木莲覆盆子们待在一起，与美女蛇待在一起。白天，看云雀从草丛蹿向云霄；夜晚，等着老和尚在枕头底放一盒飞蜈蚣，一道金光从枕边飞出。当然魔幻又炫酷，但大人们不答应，将他送进城里最严厉的学校里。

  在三味书屋，他识了字，见几千年的历史全是吃人，他扯开嗓门大声呐喊——他朝阿Q呐喊，朝闰土呐喊，朝孔乙己呐喊，朝祥林嫂呐喊，朝九斤老太呐喊，朝单四嫂子呐喊，朝蓝皮阿五呐喊，朝红眼睛阿义呐喊……整个世界都听见了他的呐喊声。

  他亲眼见过一个鬼，叫做无常——有一年，爷爷高考满分，被皇帝点了翰林；又一年，父亲高考作弊，爷爷又成了等死的囚犯。

  田地卖光了，父亲病倒了，大厦将倾了，15岁的孩子要做

1

顶梁柱，清晨或黄昏，他奔跑在绍兴城中的小巷，去请名医们开药方，名医们的药引浪漫得要死：要么是原配的蟋蟀，要么是经霜的芦根。但浪漫是靠不住的，37岁的父亲终究还是撒手而亡。

曾经，绍兴新台门那六扇朱漆大门中的小王子，转瞬之间沦为乞丐。他从母亲的手中接过落满泪水的八块钱，逃异地、走异路、去寻求别样的人。没想到，一路上，他三闲二心，南腔北调，最终混成了个吐槽王、大毒舌。

一个矮小的人却藏有巨大的悲伤，他把这些悲伤写在纸上。这个世界不理睬他的悲伤。而他的悲伤比河流要长。

许多年后，一个叫大江健三郎的日本作家接到了诺贝尔文学院的电话，很狂喜，急切地向母亲报喜。母亲很不高兴，问，鲁迅先生获过这个奖吗？大江健三郎瞬间石化了，羞愧了好久。后来，大江健三郎说，我一生的写作就是为了向这个人致敬，就是为了靠近他。

在日本，他学过医，入过革命党，但最终，他没做成一个像样的医生和革命党。甚至，也没能像弟弟一样，娶上一个日本姑娘。最不堪的是，这个日本姑娘还把他两兄弟都打败了。

但男人们都打不败他。许多会写字的人都有跟他对撕的惨痛，几乎，每个对撕倒地的，爬起来后都会献上膝盖。因为，他撕得风趣，撕得高雅，让每个对撕的家伙都自愧不如。

他身高不足一米六，却是帅毙酷毙的一代男神，一米八的萧伯纳赞美他好看，他告诉萧伯纳：等到我老了，会更好看。

世上的作家都喜欢换马甲，但没有一个作家的马甲比他的多。他一生共用过180多个马甲。甚至，他还让自己的马甲相互说话。看上去多么荒谬，多么孤独，又多么挖心。

生命中，他热爱微小的事物，他叫许广平小刺猬。一个雨天，许广平去看他，那一晚，他画了一只小刺猬，打着一把小雨伞。

按星座的说法，他与他的小刺猬大约确乎是绝配，不止因为天秤与水瓶都爱做白日梦，而且，水瓶的从容也大约确乎能够安抚天秤那颗摇晃的、不安的心。

在厦门，他因为思念他的小刺猬，去一株相思树下静坐，偶然看见一匹猪吃相思树叶子，他勃然大怒，与那匹猪展开决斗，一个同事见了，惊问究竟，他说，这是个秘密，不能告诉你。

他唯新是求，嫌衣服太老土，在东京时自己设计了一套鲁式服装。但是，当东北姑娘萧红穿了一身难看的衣裳在他眼前晃荡，逼问他好不好。他又说，谁穿什么衣裳，我是看不见的。

在上海，他有时穿着补一大块补丁的布衣服出门。他去外国人的公寓拜访朋友，电梯司机不准他乘电梯，要他一步步爬到九层楼。

16岁前，他因为矮小而迅速，大人们叫他胡羊尾巴；46岁了，他还常常会在他的小刺猬前，从长条板凳上跳过来，又跳过去。

他跟铁杆许寿裳说，鲁迅这个笔名的意思是：愚鲁而迅速。许寿裳说，不就是胡羊尾巴吗？他们于是哈哈大笑。

但林语堂却称他为"令人担忧的白象"。因为他太特别了，特别得令人担忧。

在延安，毛泽东通宵达旦读鲁迅，还将《鲁迅全集》随身带到中南海，是他晚年的手边书。他说："鲁迅是中国的第一个圣人。中国圣人不是孔子，也不是我，我算贤人，是圣人的学生。"

有很长一段时间，他信仰鱼肝油，几乎每天都吃，而且让儿子海婴跟着吃，海婴在疯长，重得像石头，他说鱼肝油太厉害了。

五岁的海婴进了幼稚园，识了几个字，回来告诉他，你如果字写不出来，只要问我就是。他简直惊呆了。

听说幼稚园要放两礼拜假，他就发了愁。因为海婴已经发现了他打孩子的秘密：每一回的声音都很响，但一点也不痛。

他热爱自由，但他不敢跟没有爱情的朱安太太离婚，他说，那是母亲的太太。差评。

他把钱袋子看得紧，比金牛座还抠门。他的小刺猬跟他写信哭穷，他竟然装着看不见。再差评。

他喜欢说笑话，如果有人说了笑话，他会笑得连烟卷都拿不住，常常是笑得咳嗽起来。

小说发表了，被胡适狂点赞。他请点赞大师吃饭，第一道菜点的是辣椒梅干菜扣肉。点赞大师非常不解。他解释说，"夜深人困时摘下一支辣椒放进嘴里，嚼得额头冒汗，周身发软，睡意顿消，比咖啡要好。"点赞大师不敢点赞了，只好摇头。

他喜欢吃面包，见租地附近新开一家白俄饭店，很高兴，但黑面包比黄面包贵，冰淇淋一杯要卖三毛钱。他又很不高兴，预祝饭店倒闭关门。

他每天抽烟30支，抽得手指发抖，也停不下来。他的小刺猬管束他，他又闹脾气。他向林语堂讨主意，林语堂说，戒烟其实蛮容易，每天都可以戒几回。

他生了病，胡思乱想，以为要挂了，准备写遗书，突然想到稿费，一骨碌爬起来，病立马就好了。他说，生小病，还有钱，就是福。二者缺一，就是俗人。

最终，他带着咳嗽离开了这个世界，还给世界留了遗书，说是赶快埋掉拉倒。不要做任何关于纪念的事。而这个世界不理睬他的梦想，还给他准备了几顶高帽子和纪念馆，也都堂皇得吓死人。

今天的中国，一万个注册作家中，至少有九千九百九十个渴望获得鲁迅文学奖。但鲁迅不认为自己有资格获得文学奖。可见，他比今天的作家们都谦卑。

在北京，在上海，在广州，在绍兴，几乎每一天，他的纪念馆游人如织观者如堵。但是，亲爱的鲁迅，不在教科书，不在纪念馆，不在神坛上。他在这些冷酷、讥讽、悲伤的不朽经典中。

何三坡　二〇一五年八月十八日于上海大星文化

目录

致
许
广
平
信

许广平（1898-1968）

书信中鲁迅称呼许广平"小刺猬"、"莲蓬"、"害马"、"乖姑"，她称鲁迅"嫩弟"、"小白象"。亲密不已。

许广平生于广东番禺。祖父曾做过浙江省巡抚。

1923 年，25 岁的许广平由天津第一女子师范考入北京女子高等师范学校国文系，成为鲁迅的学生。她风华正茂，感情充沛，曾经因为恋爱不顺，差点轻生。

她与同学们听完鲁迅的第一堂课，大受震撼。之后，主动向老师鲁迅提笔写信。接下来的两年时间，他们都有书信往还。

在校期间，她与鲁迅一起发起揭批驱逐北师大校长杨荫榆的运动。在毕业前一年，她在报上公开表达对鲁迅先生爱慕的情感。

1927 年 1 月，鲁迅到中山大学任教，许广平担任其助教和广州话翻译，与鲁迅在白云路租房同居；10 月与鲁迅到上海正式同居。1929 年，生子周海婴。

1932 年 12 月，鲁迅将两人往来大部分书信编辑修改后出版，即《两地书》。这里收录的是鲁迅致许广平书信原件共 78 封。

从 1927 与鲁迅同居，直至 1936 年鲁迅离世，他们在一起生活了 10 年。此后，她负责整理出版鲁迅作品。

1941 年底，日军侵占上海，被日军抓捕遭受严刑拷打。受关押 76 天后在内山完造保释下才得以释放。鲁迅病逝时，许广平 38 岁，此后一直没有再婚。1968 年去世，享年 70 岁。

广平兄：

今天收到来信[1]，有些问题恐怕我答不出，姑且写下去看。

学风如何，我以为和政治状态及社会情形相关的，倘在山林中，该可以比城市好一点，只要办事人员好。但若政治昏暗，好的人也不能做办事人员，学生在学校中，只是少听到一些可厌的新闻，待到出校和社会接触，仍然要苦痛，仍然要堕落，无非略有迟早之分。所以我的意思，倒不如在都市中，要堕落的从速堕落罢，要苦痛的速速苦痛罢，否则从较为宁静的地方突到闹处，也须意外地吃惊受苦，其苦痛之总量，与本在都市者略同。

学校的情形，向来如此，但一二十年前，看去仿佛较好者，因为足够办学资格的人们不很多，因而竞争也不猛烈的缘故。现在可多了，竞争也猛烈了，于是坏脾气也就彻底显出。教育界的清高，本是粉饰之谈，其实和别的什么界都一样，人的气质不大容易改变，进几年大学是无甚效力的，况且又有这样的环境，正如人身的血液一坏，体中的一部分决不能独保健康一样，教育界也不会在这样的

---

1 1925年3月11日，44岁的鲁迅收到27岁的学生许广平第一封信。许广平此时是北京女师大国文系学生，次年将毕业，对未来有些迷茫。鲁迅收到信，当天回信，称之"广平兄"，着重谈了自己的处世方法。这一年3月到7月之间，两人通信四十余封。《两地书》中的鲁迅，充满了万丈深情。

民国里特别清高的。

所以，学校之不甚高明，其实由来已久，加以金钱的魔力，本是非常之大，而中国又是向来善于运用金钱诱惑法术的地方，于是自然就成了这现象。听说现在是中学校也有这样的了，间有例外者，大概即因年龄太小，还未感到经济困难或花费的必要之故罢。至于传入女校，当是近来的事，大概其起因，当在女性已经自觉到经济独立的必要，所以获得这独立的方法，不外两途，一是力争，一是巧取，前一法很费力，于是就堕入后一手段去，就是略一清醒，又复昏睡了。可是这不独女界，男人也都如此，所不同者巧取之外，还有豪夺而已。

我其实那〔哪〕[1]里会"立地成佛"，许多烟卷，不过是麻醉药，烟雾中也没有见过极乐世界。假使我真有指导青年的本领——无论指导得错不错——我决不藏匿起来，但可惜我连自己也没有指南针，到现在还是乱闯，倘若闯入深坑，自己有自己负责，领着别人又怎么好呢，我之怕上讲台讲空话者就为此。记得有一种小说里攻击牧师，说有一个乡下女人，向牧师历诉困苦的半生，请他救助，牧师听毕答道，"忍着罢，上帝使你在生前受苦，死后定当赐福的。"其实古今的圣贤以及哲人学者所说，何尝能比这高明些，他们之所谓"将来"，不就是牧师之所谓"死后"么？我所知道的话就是这样，我不相信，但自己也并无更好解释。章锡琛[2]的答话是一定要胡〔糊〕涂的，听说他自己在书铺子里做伙计，就时常叫苦连天。

---

1 本书正文（）中内容是原件所有，〔 〕中的字为编者所加，部分脚注参考了陈漱渝先生的注释。
2 章锡琛（1889-1969）：近代出版家，与鲁迅有来往。

我想，苦痛是总与人生联带的，但也有离开的时候，就是当睡熟之际。醒的时候要免去若干苦痛，中国的老法子是"骄傲"与"玩世不恭"，我自己觉得我就有这毛病，不大好。苦茶加"糖"，其苦之量如故，只是聊胜于无"糖"，但这糖就不容易找到，我不知道在那〔哪〕里，只好交白卷了。

以上许多话，仍等于章锡琛，我再说我自己如何在世上混过去的方法，以供参考罢——

一、走"人生"的长途，最易遇到的有两大难关。其一是"岐〔歧〕路"，倘若墨翟先生，相传是恸哭而返的。但我不哭也不返，先在岐〔歧〕路头坐下，歇一会，或者睡一觉，于是选一条似乎可走的路再走，倘遇见老实人，也许夺他食物充饥，但是不问路，因为我知道他并不知道的。如果遇见老虎，我就爬上树去，等它饿得走去了再下来，倘它竟不走，我就自己饿死在树上，而且先用带子缚住，连死尸也决不给它吃。但倘若没有树呢？那么，没有法子，只好请它吃了，但也不妨也咬它一口。其二便是"穷途"了，听说阮籍先生也大哭而回，我却也像岐〔歧〕路上的办法一样，还是跨进去，在刺丛里姑且走走，但我也并未遇到全是荆棘毫无可走的地方过，不知道是否世上本无所谓穷途，还是我幸而没有遇着。

二、对于社会的战斗，我是并不挺身而出的，我不劝别人牺牲什么之类者就为此。欧战的时候，最重"壕堑战"，战士伏在壕中，有时吸烟，也唱歌，打纸牌，喝酒，也在壕内开美术展览会，但有时忽向敌人开他几枪。中国多暗箭，挺身而出的勇士容易丧命，这种战法是必要的罢。但恐怕也有时会迫到非短兵相接不可的，这时候，没有法子，就短兵相接。

总结起来，我自己对于苦闷的办法，是专与苦痛捣乱，将无赖手段当作胜利，硬唱凯歌，算是乐趣，这或者就是糖罢。但临末也还是归结到"没有法子"，这真是没有法子！

以上，我自己的办法说完了，就是不过如此，而且近于游戏，不像步步走在人生的正轨上（人生或者有正轨罢，但我不知道），我相信写了出来，未必于你有用，但我也只能写出这些罢了。

鲁迅〔一九二五年〕三月十一日

广平兄：

这回要先讲"兄"字的讲义[1]了。这是我自己制定，沿用下来的例子，就是：旧日或近来所识的朋友，旧同学而至今还在来往的，直接听讲的学生，写信的时候我都称"兄"。其余较为生疏，较需客气的，就称先生，老爷，太太，少爷，小姐，大人……之类。总之我这"兄"字的意思，不过比直呼其名略胜一筹，并不如许叔重先生所说，真含有"老哥"的意义。但这些理由，只有我自己知道，则你一见而大惊力争，盖无足怪也。然而现已说明，则亦毫不为奇焉矣。

现在的所谓教育，世界上无论那〔哪〕一国，其实都不过是制造许多适应环境的机器的方法罢了，要适如其分，发展各各的个性，这时候还未到来，也料不定将来究竟可有这样的时候。我疑心将来的黄金世界里，也会有将叛徒处死刑，而大家尚以为是黄金世界的事，其大病根就在人们各各不同，不能像印版书似的每本一律。要彻底地毁坏这种大势的，就容易变成"个人的无政府主义者"，《工

---

1 在给鲁迅的第二封信中，许广平写道："先生吾师，原谅我太愚小了！我值得
  而且敢配当'兄'吗？不！不！……绝无此勇气而且更无此斗胆当吾师先生的
  '兄'的。先生之意何居？"

人绥惠略夫》里所描写的绥惠略夫就是。这一类人物的运命，在现在，——也许虽在将来，是要救群众，而反被群众所迫害，终至于成了单身，忿激之余，一转而仇视一切，无论对谁都开枪，自己也归于毁灭。

社会上千奇百怪，无所不有；在学校里，只有捧线装书和希望得到文凭者，虽然根柢上不离"利害"二字，但是还要算好的。中国大约太老了，社会里事无大小，都恶劣不堪，像一只黑色的染缸，无论加进什么新东西去，都变成漆黑，可是除了再想法子来改革之外，也再没有别的路。我看一切理想家，不是怀念"过去"，就是希望"将来"，对于"现在"这一个题目，都交了白卷，因为谁也开不出药方。其中最好的药方，即所谓"希望将来"的就是。

"将来"这回事，虽然不能知道情形怎样，但有是一定会有的，就是一定会到来的，所虑者到了那时，就成了那时的"现在"。然而人们也不必这样悲观，只要"那时的现在"比"现在的现在"好一点，就很好了，这就是进步。

这些空想，也无法证明一定是空想，所以也可以算是人生的一种慰安，正如信徒的上帝。我的作品，太黑暗了，因为我只觉得"黑暗与虚无"乃是"实有"，却偏要向这些作绝望的抗战，所以很多着偏激的声音。其实这或者是年龄和经历的关系，也许未必一定的确的，因为我终于不能证实：惟黑暗与虚无乃是实有。所以我想，在青年，须是有不平而不悲观，常抗战而亦自卫，荆棘非践不可，固然不得不践，但若无须必践，即不必随便去践，这就是我所以主张"壕堑战"的原因，其实也无非想多留下几个战士，以得更多的战绩。

子路先生确是勇士，但他因为"吾闻君子死冠不免"，于是"结缨而死"，则我总觉得有点迂。掉了一顶帽子，有何妨呢，却看得这么郑重，实在是上了仲尼先生的当了。仲尼先生自己"厄于陈蔡"，却并不饿死，真是滑得可观。子路先生倘若不信他的胡说，披头散发的战起来，也许不至于死的罢，但这种散发的战法，也就是属于我所谓"壕堑战"的。

　　时候不早了，就此结束了。

鲁迅　三月十八日

猎人 / 鲁迅藏外国明信片

广平兄：

仿佛记得收到来信有好几天了，但是今天才能写回信。

"一步步的现在过去"，自然可以比较的不为环境所苦，但"现在的我"中，既然"含有原来的我"，而这"我"又有不满于时代环境之心，则苦痛也依然相续。不过能够随遇而安——即有船坐船云云——则比起幻想太多的人们来，可以稍为安稳，能够敷衍下去而已。总之，人若一经走出麻木境界，即增加苦痛，而且无法可想，所谓"希望将来"，就是自慰——或者简直是自欺——之法，即所谓"随顺现在"者也一样。必须麻木到不想"将来"也不知"现在"，这才和中国的时代环境相合，但一有知识，就不能再回到这地步去了。也只好如我前信所说，"有不平而不悲观"，也即来信之所谓"养精蓄锐以待及锋而试"罢。

来信所说"时代环境的落伍者"的定义，是不对的。时代环境全都迁流，并且进步，而个人始终如故，毫无进步，这才谓之"落伍者"。倘是对于时代环境，怀着不满，望它更好，待较好时，又望它更更好，即不当有"落伍者"之称。因为世界上改革者的动机，大低〔抵〕就是这对于时代环境的不满的缘故。

这回教次的下台，我以为似乎是他自己的失策，否则，不至于此的。至于妨碍《民国日报》，乃是北京官场的老手段，实在可笑。

停止一种报章,（他们的）天下便即太平么？这种漆黑的染缸不打破，中国即无希望，但正在准备毁坏者，目下也仿佛有人，只可惜数目太少。然而既然已有，即可望多起来，一多，就好玩了，——但是这自然还在将来；现在呢，就是准备。

我如果有所知道，当然不至于客气的，但这种满纸"将来"和"准备"的"教训"，其实不过是空言，恐怕于"小鬼"无甚好处，至于时间，那倒不要紧的，因为我即不写信，也并不做着什么了不得的事。

鲁迅 三月廿[1]三日

---

1 廿（niàn）：二十。

广平兄：

现在才有写回信的工夫，所以我就写回信。那一回演剧[1]时候，我之所以先去者，实与剧的好坏无关，我在群集里面，向来坐不久的。那天观众似乎不少，筹款目的，该可以达到一点了罢。好在中国现在也没有什么批评家，鉴赏家，给看那样的戏剧，已经尽够了，严格的说起来，则那天的看客，什么也不懂而胡闹的很多，都应该用大批的蚊烟，将它们熏出的。

近来的事件，内容大抵复杂，实不但学校为然。据我看来，女学生还要算好的，大约因为和外面的社会不大接触之故罢，所以还不过谈谈衣饰宴会之类。至于别的地方，怪状更是层出不穷，东南大学事件就是其一，倘细细剖析，真要为中国前途万分悲哀。虽至小事，亦复如是，即如《现代评论》的"一个女读者"的文章，我看那行文造语，总疑心是男人做的，所以你的推想，也许不确。世上的鬼蜮是多极了。

说起民元的事来，那时确是光明得多，当时我也在南京教育部，觉得中国将来很有希望。自然，那时恶劣分子固然也有的，然而他总失败。一到二年二次革命失败之后，即渐渐坏下去，坏而又坏，遂成

---

1 指1925年3月25日北京女师大哲教系演出的《爱情与世仇》。

了现在的情形。其实这不是新添的坏，乃是涂饰的新漆剥落已尽，于是旧相又显了出来，使奴才主持家政，那〔哪〕里会有好样子。最初的革命是排满，容易做到的，其次的改革是要国民改革自己的坏根性，于是就不肯了。所以此后最要紧的是改革国民性，否则，无论是专制，是共和，是什么什么，招牌虽换，货色照旧，全不行的。

但说到这类的改革，便是真叫作无从措手。不但此也，现在虽想将"政象"稍稍改善，尚且非常之难。在中国活动的现有两种"主义者"，外表都很新的，但我研究他们的精神，还是旧货，所以我现在无所属，但希望他们自己觉悟，自动的改良而已。例如世界主义者，而同志自己先打架；无政府〔主〕义者的报馆，而用护兵守门，真不知是怎么一回事。土匪也不行，河南的单知道烧抢，东三省的渐趋于保护雅〔鸦〕片，总之是抱"发财主义"的居多，梁山泊劫富济贫的事，已成为书本子上的故事了。军队里也不好，排挤之风甚盛，勇敢无私的一定孤立，为敌所乘，同人不救，终至阵亡，而巧滑骑墙，专图地盘者反很得意。我有几个学生在军中，倘不同化，怕终不能占得势力，但若同化，则占得势力又于将来何益。一个就在攻惠州¹，虽闻已胜，而终于没有信来，使我常常苦痛。

我又无拳无勇，真没法，在手头的只有笔墨，能写这封信一类的不得要领的东西而已。但我总还想对于根深蒂固的所谓旧文明，施行袭击，冀于将来有万一之希望。而且留心看看，居然也有几个不问成败而要战斗的人，虽然意见和我并不尽同，但这是前几年所没有遇到的。我所谓"正在准备破坏者目下也仿佛有人"的人，

---

1 指李秉中（1902-1940），四川彭山县人。自幼聪敏好学，原为北京大学学生，后入黄埔军校，1925年在惠州参加攻打军阀陈炯明的战役。

不过这么一回事。要成联合战线，还在将来。

希望我做点什么事的人，颇有几个了，但我自己知道，是不行的。凡做领导的人，一须勇猛，而我看事情太仔细，一仔细，即多疑虑，不易勇往直前；二须不惜用牺牲，而我最不愿使别人做牺牲（**这其实还是革命以前的种种事情的刺激的结果**），也就不能有大局面。所以，其结果，终于不外乎用空论来发牢骚，印一通书籍杂志。你如果也要发牢骚，请来帮我们，倘曰"马前卒"，则吾岂敢，因为我实无马，坐在人力车上，已经是阔气的时候了。

投稿到报馆里，是碰运气的，一者编辑先生总有些胡〔糊〕涂，二者投稿一多，确也使人头昏眼花。我近来常看稿子，不但没有空闲，而且人也疲乏了，此后想不再给人看，但除了几个熟识的人们。你投稿虽不写什么"女士"，我写信也改称为"兄"，但看那文章，总带些女性。我虽然没有细研究过，但大略看来，似乎"女士"的说话的句子排列法，就与"男士"不同，所以写在纸上，一见可辨。

北京的印刷品现在虽然比先前多，但好的却少。《猛进》很勇，而论一时的政象的文字太多。《现代评论》的作者固然多是名人，看去却显得灰色。《语丝》虽总想有反抗精神，而时时有疲劳的颜色，大约因为看得中国的内情太清楚，所以不免有些失望之故罢。由此可知见事太明，做事即失其勇，庄子所谓"察见渊鱼者不祥"，盖不独谓将为众所忌，且于自己的前进亦有碍也。我现在还要找寻生力军，加多破坏论者。

鲁迅　三月卅¹一日

1 卅（sà）：三十。

妇人与幼孩 / 鲁迅藏外国明信片

广平兄：

我先前收到五个人署名的印刷品[1]，知道学校里又有些事情，但并未收到薛先生的宣言，只能从学生方面的信中，猜测一点。我的习性不大好，每不肯相信表面上的事情，所以我疑心薛先生辞职的意思，恐怕还在先，现在不过借题发挥，自以为去得格外好看。其实"声势汹汹"的罪状，未免太不切实，即使如此，也没有辞职的必要的。如果自己要辞职而必须牵连几个学生，我觉得这办法有些恶劣。但我究竟不明白内中的情形，要之，那普通所想得到的，总无非是"用阴谋"与"装死"，学生都不易应付的。现在已没有中庸之法，如果他的所谓罪状不过"声势汹汹"，殊不足以制〔致〕人死命，有那一回反驳的信，已经可以了。此后只能平心静气，再看后来，随时用质直的方法对付。

这回演剧，每人分到二十余元，我以为结果并不算坏，前年世界语学校演剧筹款，却赔了几十元。但这几个钱，自然不够旅行，要旅行只好到天津。其实现在何必旅行，江浙的教育，表面虽说发达，内情何尝佳，只要看母校，即可以推知其他一切。不如买点心，

1 指刘和珍、姜伯谛、许广平、孙觉民、金涵清联名发表的《致女师大学生函》，对女师大教务长薛燮（xiè）元进行驳斥。

日吃一元，反有实益。

大同的世界，怕一时未必到来，即使到来，像中国现在似的民族也一定在大同的门外，所以我想无论如何，总要改革才好。但改革最快的还是火与剑，孙中山奔波一世，而中国还是如此者，最大原因还在他没有党军，因此不能不迁就有武力的别人。近几年似乎他们也觉悟了，开起军官学校来，惜已太晚。中国国民性的堕落，我觉得不是因为顾家，他们也未尝为"家"设想。最大的病根，是眼光不远，加以"卑怯"与"贪婪"，但这是历久养成的，一时不容易去掉。我对于攻打这些病根的工作，倘有可为，现在还不想放手，但即使有效，也恐很迟，我自己看不见了。由我想来，——这只是如此感到，说不出理由，——目下的压制和黑暗还要增加，但因此也许可以发生较激烈的反抗与不平的新分子，为将来的新的变动的萌蘗[1]。

"关起门来长吁短叹"，自然是太气闷了，现在我想先对于思想习惯加以明白的攻击，先前我只攻击旧党，现在我还要攻击青年。但政府似乎已在张起压制言论的网来，那么，又须准备"钻网"的法子，——这是各国鼓吹改革的人照例要遇到的。我现在还在寻有反抗和攻击的笔的人们，再多几个，就来"试他一试"，但那效果，仍然还在不可知之数，恐怕也不过聊以自慰而已。所以一面又觉得无聊，又疑心自己有些暮气，"小鬼"年青〔轻〕，当然是有锐气的，可有更好、更有聊的法子么？

---

1 萌蘗（niè）：喻指事物的开端。

我所谓"女性"的文章，倒不专在"唉，呀，哟，……"之多。就是在抒情文，则多用好看字样，多讲风景，多怀家庭，见秋花而心伤，对明月而泪下之类。一到辩论之文，尤易看出特别。即举出对手之语，从头至尾，一一驳去，虽然犀利，而不沉重，且罕有正对"论敌"的要害，仅以一击给与致命的重伤者。总之是只有小毒而无剧毒，好作长文而不善于短文。

　　做金心异[1]的公子是最不危险的，因为他已经承认"应该多听后辈的教训"，而且也决不敢以"诗礼"教其子，所以也无须"远"。他的公子已经比他长得多，衣服穿旧之后，即剪短给他穿，他似乎已经变了"子"的"后辈"，不成问题了。

　　《猛进》昨已送上五期，想已收到。此后如不被禁止，我当寄上，因为我这里有好几份。

鲁迅　四月八日

　　万璞女士的举动似乎不很好，听说她办报章时，到加拉罕[2]那里去募捐，说如果不给，她就要对于俄国说坏话云云。

---

1 金心异：指钱玄同（1887－1939），浙江吴兴（今湖州市）人，中国现代思想家、文字学家、著名文学理论家、语言学家。中国"五四"新文化运动的倡导者之一。
2 加拉罕：是当时第一任苏联驻华大使。

广平兄：

　　有许多话，那天本可以口头答复，但我这里从早到夜，总有几个各样的客在座，所以只能论天气之好坏，风之大小。因为虽是平常的话，但偶然听了一段，即容易莫名其妙，还不如仍旧写回信。

　　学校的事，也许暂时要不死不活罢。昨天听人说，章太太不来，另荐了两个人，一个也不来，一个是不去请。还有某太太却很想做，而当局似乎不敢请教。听说评议会的挽留倒不算什么，而问题却在不能得人。当局定要在"太太类"中选择，固然也过于拘执，但别的一时可也没有，此实不死不活之大原因也。后事如何，且听下回分解可耳。

　　来信所述的方法，我实在无法说是错的，但还是不赞成，一是由于全局的估计，二是由于自己的偏见。第一，这不是少数人所能做，而这类人现在很不多，即或有之，更不该轻易用去；还有，即有一两类此的事件，实不足以震动国民，他们还很麻木，至于坏种，则警备甚严，也未必就肯洗心革面，假使接连而起，自然就好得多，但怕没有这许多人；还有，此事容易引起坏影响，例如民二，袁世凯也用这方法了，党人所用的多青年，而他的乃是用钱雇来的奴子，试一衡量，还是这一面吃亏。但这时党人之间，也曾用过雇工，以自相残杀，于是此道乃更坠〔堕〕落。现在即使复活，我以为虽然可以快一时之意，而与大局是无关的。第二，我的脾气是如此的，自己没有做，就不大赞成。我有时也能辣手评文，也常煽动青年冒险，但有相识的人，我就不能评他的文章，怕见他的冒险，明知道这是自相矛盾的，也就是做不出什么事情来的死症，然而终于无法改良，奈何不得，我不愿意，由他去罢。

"无处不是苦闷，苦闷，（此下还有六个和……）"，我觉得"小鬼"的"苦闷"的原因是在"性急"。在进取的国民中，性急是好的，但生在麻木如中国的地方，却容易吃亏，纵使如何牺牲，也无非毁灭自己，于国度没有影响。我记得先前在学校演说时候也曾说过，要治这麻木状态的国度，只有一法，就是"韧"，也就是"锲而不舍"。逐渐的做一点，总不肯休，不至于比"轻于一掷"无效的。但其间自然免不了"苦闷，苦闷，（此下还有六个并……）"，可是只好便与这"苦闷……"反抗。这虽然近于劝人耐心做奴隶，其实很不同，甘心乐意的奴隶是无望的，但如怀着不平，总可以逐渐做些有效的事。

我有时以为"宣传"是无效的，但细想起来，也不尽然。革命之前，第一个牺牲者我记得是史坚如，现在人们都不大知道了，在广东一定是记得的人较多罢，此后接连的有好几人，而爆发却在胡〔湖〕北，还是宣传的功劳。当时和袁世凯妥协，种下病根，其实却还是党人实力没有充实之故。所以鉴于前车，则此后的第一要图，还在充足实力，此外各种言动，只能稍作辅佐而已。

文章的看法，也是因人不同的，我因为自己爱作短文，爱用反语，每遇辩论，辄不管三七二十一，就迎头一击，所以每见和我的办法不同者便以为缺点。其实畅达也自有畅达的好处，正不必故意减缩（但繁冗则自应删削），例如玄同之文，即颇王羊〔汪洋〕，而少含蓄，使读者览之了然，无所疑惑，故于表白意见，反为相宜，效力亦复很大。我的东西却常招误解，有时竟出于意料之外，可见意在简练，稍一不慎，即易流于晦涩，而其弊有至于不可究诘者焉。（不可究诘四字颇有语病，但一时想不出适当之字，姑仍之。意但云"其弊颇大"耳。）

前天仿佛听说《猛进》终于没有定〔订〕妥，后来因为别的话岔开，没有问下去了。如未定〔订〕，便中可见告，当寄上。我虽说忙，其实也不过"口头禅"，每日常有闲坐及讲空话的时候，写一个信面，尚非大难事也。

鲁迅　四月十四日

广平兄：

　　十六和廿日的信，都收到了，实在对不起，到现在才一并回答。几天以来，真所谓忙得不堪，除些琐事以外，就是那可笑的"□□周刊 [1]"。这一件事，本来还不过一种计画〔划〕，不料有一个学生对邵飘萍 [2] 一说，他就登出广告来，并且写得那么夸大可笑。第二天我就代拟了一个别的广告，硬令登载，又不许改动，他却又加了几句无聊的案〔按〕语，做事遇着隔膜者，真是连小事情也碰头。至于我这一面，则除百来行稿子以外，什么也没有，但既然受了广告的鞭子的强迫，也不能不跑了，于是催人去做，自己也做，直到此刻，这才勉强凑成，而今天就是交稿的日子。统看全稿，实在不见得高明，你不要那么热望，过于热望，要更失望的。但我还希望将来能够比较的好一点。如有稿子，也望寄来，所论的问题也不拘大小。你不知定〔订〕有《京报》否，如无，我可以使人将《莽原》——即所谓□□周刊——寄上。

　　但星期五，你一定在学校先看见《京报》罢。那"莽原"二字，是一个八岁的孩子写的，名字也并无意义，与《语丝》相同，可是

---

1 □□周刊：即《莽原》周刊，是鲁迅主编过的刊物。
2 邵飘萍（1886-1926）：浙江东阳人，民国时期著名报人、《京报》创办者。

又仿佛近于"旷野"。投稿的人名都是真的；只有末尾的四个都由我代表，然而将来在文章上恐怕也仍然看得出来，改变文体，实在是不容易的事。这些人里面，做小说的和能翻译的居多，而做评论的没有几个，这实在〔是〕一个大缺点。

再说到前信所说的方法，就方法本身而论，自然是没有什么错处的，但效果在现今的中国却收不到。因为施行刺激，总须有若干人有感动性才有应验，就是所谓须是木材，始能以一颗小火燃烧，倘是沙石，就无法可想，投下火柴去，反而无聊。所以我总觉得还该耐心挑拨煽动，使一部分有些生气才好。去年我在西安夏期讲演，我以为可悲的，而听众木然，我以为可笑的，而听众也木然，都无动，和我的动作全不生关系。当群众的心中并无可以燃烧的东西时，投火之无聊至于如此。别的事也一样的。

薛先生已经复职，自然极好，但来来去去，似乎太劳苦一点了。至于今之教育当局，则我不知其人。但看他挽孙中山对联[1]中之自夸，与完全"道不同"之段祺瑞之密切，为人亦可想而知。所闻的历来举止，似是大言无实，欺善怕恶之流而已。要之在这昏浊的政局中，居然出为高官，清流大约决无这种手段，由我看来，王九龄要比他好得多罢。校长之事，部中毫无所闻，此人之来，以整顿教育自命，或当别有一反从前一切之新法（他是不满于今之学风的），但是否又是大言，则不得而知，现在鬼鬼祟祟之人太多，实在无从说起。

我以前做些小说短评之类，难免描写或批评别人，现在不知道怎么，似乎报应已至，自己忽而变了别人的文章的题目了。张王两

---

1 章士钊挽孙中山对联："景行有二十余年，著录纪兴中，掩迹郑洪题字大；立义以三五为号，生平无党籍，追怀蜀洛泪痕多。"

篇[1]，也已看过，未免说得我太好些。我自己觉得并无如此"冷静"，如此能干，即如"小鬼"们之光降，在未得十六来信以前，我还没有悟出已被"探检"而去，倘如张君所言，从第一至第三，全是"冷静"，则该早经知道了。但你们的研究，似亦不甚精细，现在试出一题，加以考试：我所坐的有玻璃窗的房子的屋顶，似什么样子的？后园已经去过，应该可以看见这个，仰即答复可也！

星期一的比赛"韧性"，我又失败了，但究竟抵抗了一点钟，成绩还可以在六十分以上。可惜众寡不敌，终被逼上午门[2]，此后则遁入公园，避去近于"带队"之苦。我常想带兵抢劫，无可讳言，若一变而为带女学生游历，未免变得离题太远，先前之逃来逃去者，非怕"难为""出轨"等等，其实不过是想逃脱领队而已。

琴心问题[3]，现在总算明白了。先前，有人说是欧阳兰，有人说是陆晶清[4]，而孙伏园[5]坚谓俱不然，乃是一个新出的作者。盖投稿非其自写，所以是另一种笔迹，伏园以善认笔迹自负，岂料反而上当。二则所用的红信封绿信纸将伏园善识笔迹之眼睛吓昏，遂愈加疑不到欧阳兰身上去了。加以所作诗文，也太近于女性。今看他署着真

---

1 作家张定璜在《鲁迅先生》一文中，赞叹鲁迅有"三个特色……第一个，冷静，第二个，还是冷静，第三个，还是冷静"。王铸在一篇文章中引用了张定璜的观点。

2 逼上午门：1925年4月20日，许广平所在班的学生跟鲁迅淘气，要求鲁迅停课，带他们去参观午门的历史博物馆。

3 当时北大学生欧阳兰常用"琴心"署名投稿，被人揭发有抄袭行为后为自己辩护。

4 陆晶清（1907-1993）：原名陆秀珍，云南昆明人。作家。许广平在女师大的校友。

5 孙伏园（1894-1966）：浙江绍兴人。鲁迅的学生。现代散文作家、著名副刊编辑，在新闻学上有民国"副刊大王"之称。

名之文，也是一样色彩，本该容易猜破，但他人谁会想到他为了争一点无聊的名声，竟肯如此钩心斗角，无所不至呢。他的"横扫千人"的大作，今天在《京报副刊》似乎露一点端倪了，所扫的一个是批评廖仲潜小说的芳子，但我现在疑心芳子也就是廖仲潜，实无其人，和琴心一样的。第二个是向培良（**也是我的学生**），则识力比他坚实得多，琴心的扫帚，未免太软弱一点。但培良已往河南去办报，不会有答复的了，这实在可惜，使我们少看见许多痛快的议论。闻京报社里攻击欧阳的文章还有十多篇，有一篇署名"S弟"的颇好，大约几天以后要登出来。

《民国公报》的实情如何，我不知道，待探听了再回答罢。普通所谓考试编辑多是一种手段，大抵因为荐条太多，无法应付，便来装作这一种门面，故作禀〔秉〕公选用之状，以免荐送者见怪，其实却是早已暗暗定好，别的应试者不过陪他变一场戏法罢了。但《民国公报》是否也如是，却尚难决（**我看十分之九也这样**），总之，先去打听一回罢。我的意见，以为做编辑是不会有什么进步的，我近来因常与周刊之类相关，弄得看书和休息的工夫也没有了，因为选用的稿子，常须动笔改削，倘若任其自然，又怕闹出错处来。还是"人之患"较为从容，即使有时逼上午门，也不过费两三个时间〔辰〕而已。

鲁迅　四月二十二日夜

广平兄：

来信收到了。今天又收到一封文稿[1]，拜读过了，后三段是好的，首一段累堕〔赘〕一点，所以看纸面如何，也许将这一段删去。但第二期上已经来不及登，因为不知"小鬼"何意，竟不题作者名字。所以请你捏造一个，并且通知我，并且必须于下星期三上午以前通知，并且回信中不准说"请先生随便写上一个可也"之类的油滑话。

现在的小周刊，目录必在角上者，是为订成本子之后，读者容易翻检起见，倘要检查什么，就不必全本翻开，才能够看见每天的细目。但也确有隔断读者注意的弊病，我想了另一格式，如下：

则目录既在边上，容易检查，又无隔断本文之弊，可惜《莽原》第一期已经印出，不能便即变换了，但到二十期以后，我想"试他一试"。至于印在末尾，书籍尚可，定期刊不合宜，擅起此种"心理作用"，应该记大过二次。

---

1 此文稿题为《乱七八糟》，许广平以"非心"为笔名发表于《莽原》第三期。

《莽原》第一期的作者和性质，都如来信所言，但长虹[1]不是我，乃是我今年新认识的。意见也有一部分和我相合，而是安那其主义者。他很能做文章，但大约因为受了尼采[2]的作品的影响之故罢，常有太晦涩难解处；第二期登出的署著C.H.的，也是他的作品。至于《棉袍里的世界》所说的"掠夺"问题，则敢请少爷不必多心，我辈赴贵校教书，每月明明写定"致送修金[3]十三元五角正〔整〕"。既有"十三元五角"而且"正〔整〕"，则又何"掠夺"之有也欤哉！

　　割舌之罚[4]，早在我的意中，然而倒不以为意。近来整天的和人谈话，颇觉得有点苦了，割去舌头，则一者免得教书，二者免得陪客，三者免得做官，四者免得讲应酬话，五者免得演说；从此可以专心做报章文字，岂不舒服。所以你们应该趁我还未割去舌头之前听完《苦闷之象征》，前回的不肯听讲而逼上午门，也就应该记大过若干次。而我的六十分，则必有无疑。因为这并非"界限分得太清"之故，我无论对于什么学生，都不用"冲锋突围而出"之法也。况且，窃闻小姐之类，大抵容易"潸然泪下"，倘我挥拳打出，诸君在后面哭而送之，则这一篇文章的分数，岂非当在〇分以下？现在不然，可知定为六十分者，还是自己客气的。

1　高长虹（1898-1954）：本名高仰愈，长虹是其笔名，中国现代作家。山西盂县人。曾受鲁迅赏识，一起编辑过《莽原》周刊。后来长虹与鲁迅疏远，甚至在报纸上发文攻击鲁迅，有研究文章分析，原因在于高长虹一度"单相思"许广平。

2　尼采（1844-1900）：德国哲学家，宣扬"超人哲学"。尼采对于后代存在主义与后现代主义哲学的发展影响极大。

3　修金：送给教师的酬金。

4　割舌之罚：徐炳昶（chǎng）在《猛进》第八期发表《通讯》一文，说"鲁迅的嘴真该割去舌头，因为他爱张起嘴乱说，把我们国民的丑德都暴露出来了。"

但是这次试验[1]，我却可以自认失败，因为我过于大意，以为广平少爷未必如此"细心"，题目出得太容易了。现在也只好任凭占卦抽签，不再辩论，装作舌头已经割去之状。惟报仇题目，却也不再交卷，因为时间太严。那信是星期一上午收到的，午后即须上课，更无作答的工夫，一经上课，则无论答得如何正确，也必被冤为"临时豫〔预〕备夹带，然后交卷"，倒不如拚〔拼〕出，交了白卷便宜。

今天《京报》上，不知何以琴心问题忽而寂然了，听说馆中还有琴心文四篇，及反对他的十几篇，或者都就此中止，也未可知。今天但有两种怪广告，——欧阳兰及"宇铨先生"——后一种更莫名其妙。《北大日刊》上又一个欧阳兰启事，说是要到欧洲去了。

中国现今文坛的状态，实在不佳，但究竟做〔作〕诗及小说者尚有人。最缺少的是"文明批评"和"社会批评"，我之以《莽原》起哄，大半也就为得想引出些新的这样的批评者来，虽在割去敝舌之后，也还有人说话，继续撕去旧社会的假面。可惜现在所收的稿子，也还是小说多。

鲁迅　四月二十八日

---

1 这次试验：鲁迅在1925年4月22日致许广平的信中提到："试出一题，加以考试：我所坐的有玻璃窗的房子的屋顶，似什么样子的？"

广平兄：

四月三十日的信收到了。闲话休提，先来攻击朱老夫子的《假名论》罢。

夫朱老夫子者，是我的老同学，我对于他的在窗下孜孜研究，久而不倦，是十分佩服的，然此亦惟于古学一端而已，若夫评论世事，乃颇觉其迂远之至者也。他对于假名之非难，不过最偏的一部分，如以此诬陷毁谤个人之类，才可谓之"不负责任的推诿的表示"。倘在人权尚无确实保障的时候，两面的众寡强弱，又极悬殊，则又作别论才是。例如子房为韩报仇，以君子看来，是应该写信给秦始皇，要求两人赤膊决斗，才觉合理的，然而博浪一击，大索十日而终不可得，后世亦不以为非者，知公私不同，而强弱之势亦异，一匹夫不得不然之故也。况且，现在的有权者，是什么东西呢？他知道什么责任呢？《民国日报》案[1]故意拖延月余，才来裁判，又决罚至如此之重，而叫喊几声的人独要硬负片面的责任，如孩子脱衣以入虎穴，岂非大愚么？朱老夫子生活于平安中，所做的是《萧梁旧史考》，负责与否，没有大关系，也并〔没〕有什么意外的危险，

---

1 《民国日报》案：《民国日报》是国民党在北京发行的机关报，1925年3月17日被北京警察厅查封，编辑邹明初以"侮辱官员"罪罚金三百元。

所以他的侃侃而谈，仅可以供他日共和实现之后的参考，若今日者，则我以为只要目的是正的——这所谓正不正，又只专凭自己判断——即可用无论什么手段，而况区区假名真名之小事也哉，此我所以指窗下为活人之坟墓，而劝人们不必多看中国之书者也！

本来还要更长更明白的骂几句，但因为有所顾忌，又哀其胡子之长，就此收束罢。那么，话题一转，而论"小鬼"之假名问题。那两个"鱼与熊掌"，虽为足下所喜，我以为用于论文，却不相宜，因为以真名招一个无聊的麻烦，固然犯不上，但若假名太近滑稽，则足以减少论文的重量，所以也不很好。你这许多名字中，既然"非心"总算还未用过，我就以"编辑"兼"先生"之威权，给你写上这一个罢。假如于心不甘，赶紧发信抗议，还来得及，但如星期二夜为止并无痛哭流涕之抗议，即以默认论，虽驷马也难于追回了。而且此后的文章，也应细心署名，不得以"因为忙中"推诿！

试验题目出得太容易了，自然也算得我的失策，然而也未始没有补救之法的。其法即称之为"少爷"，刺之以"细心"，则效力之大，也抵得记大过二次。现在果然慷慨激昂的来"力争"了，而且写至九行之多，可见费力不少。我的报复计画〔划〕，总算已经达到了一部分，"少爷"之称，姑且准其取消罢。

我看"宇铨先生"的新广告，他是本知道波微[1]并不是崔女士的，先前的许多信，想来不过是装傻。但这人的本相，却不易查考，因为北大学生的信，都插在门口，所以即非学生，也可以去取，单看通信地址，其实不能定为何校学生。惟看他的来信上的邮局消〔销〕印，却可以大略推知住在何处。我看见几封上署"女师大"的"琴心"的

---

1 波微：女作家石评梅（1902-1928），因爱慕梅花自取笔名石评梅。

信面，都是东城邮局的消〔销〕印，可见琴心其实是住在东城。

历来的《妇周》，几乎还是一种文艺杂志，议论很少，有几篇也不很好。前一回某君在一篇论文里解释"妾"字的意义，实在是笑话。请他们诸公来"试他一试"，也不坏罢。然而咱们的《莽原》也很窘，寄来的多是小说与诗，评论很少，倘不小心，也容易变成文艺杂志的。我虽然被称为"编辑先生"，非常骄气，但每星期被逼作文，却很感痛苦，因为这简直像先前学校中的星期考试。你如有议论，敢乞源源寄来，不胜荣幸感激涕零之至！

缝纫先生 [1] 听说又不来了，要寻善于缝纫的，北京很多，本不必发电号召，奔波而至，她这回总算聪明。继其后者，据现状以观，总还是太太类罢。其实这倒不成为什么问题，不必定用毛瑟，因为"女人长女校"，还是社会的公意，想章士钊 [2] 和社会奋斗，是不会的，否则，也不成其为章士钊了。老爷类也没有什么相宜的人，名人不来，来也未必一定能办好。我想校长之类，最好请无大名而真肯做事的人做。然而，目下无之。

我也可以"不打自招"：东边架上一盒盒的，确是书籍。但我已将废去考试法不同，倘有必须报复之处，即尊称之曰"少爷"，就尽够了。

鲁迅　五月三日

---

1 缝纫先生：指黄国厚（1881-1968），女，湖南长沙人，曾留学日本，归国后在湖南各女校讲授缝纫课。
2 章士钊（1881-1973）：湖南善化（今属长沙）人。曾任中华民国北洋政府司法总长兼教育总长。

广平兄：

　　两信均收到，一信中并有稿子，自然照例"感激涕零"而阅之。小鬼"最怕听半截话"，而我偏有爱说半截话的毛病，真是无可奈何。本来想做一篇详明的《朱老夫子论》呈政〔正〕，而心绪太乱，又没有工夫。简截〔洁〕地说一句罢，就是：他历来所走的都是最稳的路，不做一点小小的冒险事，所以他的话倒是不负责任的，待到别人被祸，他不作声了。

　　群众不过如此，由来久矣，将来也不过如此。公理也和事之成败无关。但是，女师之教员也太可怜了，只见暗中活动之鬼，而竟没有站出来说话的人。我近来对于黎先生[1]之赴西山，也有些怀疑了，但也许真真恰巧，疑之者倒是我自己的神经过敏。

　　我现在愈加相信说话和弄笔的都是不中用的人，无论你说话如何有理，文章如何动人，都是空的。他们即使怎样无理，事实上却著著〔着着〕得胜。然而，世界岂真不过如此而已么？我还要反抗，试他一试。

---

1 指黎锦熙（1890-1978），字劭（shào）西，湖南湘潭人。著名语言文字学家、词典编纂家、教育家。时任女师大国文系主任。1925年5月中旬因失眠赴北京西山休养。

提起牺牲，就使我记起前两三年被北大开除的冯省三。他是闹讲义风潮之一人，后来讲义费撤去了，却没有一个同学再提起他。我那时曾在《晨报副刊》上做过一则杂感，意思是牺牲为群众祈福，祀了神道之后，群众就分了他的肉，散胙[1]。

听说学校当局有打电报给家属之类的举动，我以为这些手段太毒辣了。教员之类该有一番宣言，说明事件的真相，几个人也可以的。如果没有一个人肯负这一点责任（署名），那么，即使校长竟去，学籍也恢复了，也不如走罢，全校没有人了，还有什么可学？

鲁迅　五月十八日

---

1 散胙（zuò）：旧时祭祀后，分发祭肉。

广平兄：

〔下〕午回来，看见留字。现在的现象是各方面黑暗，所以有这情形，不但治本无从说起，便是治标也无法，只好跟着时局推移而已。至于《京报》事，据我所闻却不止秦小姐[1]一人，还有许多人运动，结果是两面的新闻都不载，但久而久之，也许会反而帮它们（男女一群，所以只好用"它"），办报的人们，就是这样的东西。（其实报章的宣传于实际上也没有多大关系。）

今天看见《现代评论》，所谓西滢[2]也者，对于我们的宣言出来说话了，装作局外人的样子，真会玩把戏。我也做了一点寄给《京副》，给他碰一个小钉子。但不知于伏园饭碗之安危如何。它们是无所不为的，满口仁义，行为比什么都不如。我明知道笔是无用的，可是现在只有这个，只有这个而且还要为鬼魅所妨害。然而只要有地方发表，我还是不放下，或者《莽原》要独立，也未可知。独立就独立，完结就完结，都无不可。总而言之，笔舌常存，是总要使用的，东滢西滢，都不相干也。

---

1 秦小姐：疑指"琴心女士"，即北大学生欧阳兰。
2 陈源（1896-1970）：笔名西滢，江苏无锡人。女师大风潮中他在《现代评论》"闲话"专栏连续发文支持杨荫榆。在此期间，陈源与鲁迅多次爆发笔战。

西滢文托之"流言"，以为此次风潮是"某系某籍教员所鼓动"，那明是说"国文系浙籍教员"了。别人我不知道，至于我之骂杨荫榆[1]，却在此次风潮之后，而"杨家将"偏来诬赖，可谓卑劣万分。但浙籍也好，夷籍也好，既经骂起，就要骂下去，杨荫榆尚无割舌之权，总还要被骂几回的。

文已改好，但邮寄不便，当于便中交出，好在现尚不用。所云团体，我还未打听，但我想，大概总就是前日所说的一个。其实也无须打听，这种团体，一定有范围，尚服从公决。所以只要自己决定，如要思想自由，特立独行，便不相宜。如能牺牲若干自己的意见，就可以。只有"安那其"是没有规则的，但在中国却有首领，实在希〔稀〕奇。

现在老实说一句罢，"世界岂真不过如此而已么？……"这些话，确是"为对小鬼而说的"。我所说的话，常与所想的不同，至于何以如此，则我已在《呐喊》的序上说过：不愿将自己的思想，传染给别人。何以不愿，则因为我的思想太黑暗，而自己终不能确知是否正确之故。至于"还要反抗"，倒是真的，但我知道这"所以反抗之故"，与小鬼截然不同。你的反抗，是为希望光明到来罢？（我想，一定是如此的。）但我的反抗，却不过是偏与黑暗捣乱。大约我的意见，小鬼很有几点不大了然，这是年龄、经历、环境等等不同之故，不足为奇。例如我是诅咒"人间苦"而不嫌恶"死"的，因为"苦"可以设法减轻而"死"是必然的事，虽曰"尽头"，也不足悲哀。而你却不

---

1 杨荫榆（1884—1938）：江苏无锡人。曾留学美国，学成归国，1924年任北京女子师范大学校长。但在治校过程中，她要求学生只管读书，不要参加过问政治运动，把学生的爱国行为一律视为"学风不正"，横加阻挠。后遭免职。

高兴听这类话，——但是，为什么吞藤黄[1]的？这就比不做"痛哭流涕的文字"还"该打"！又如来信说，"凡有死的同我有关的，同时我就诅咒所有与我无关的。……"而我正相反，同我有关的活着，我就不放心，死了，我就安心，这意思也在《过客》中说过：都与小鬼的不同。其实，我的意见原也不容易了然，因为其中本有着许多矛盾，教我自己说，或者是"人道主义"与"个人的无治主义"的两种思想的消长起伏罢。所以我忽而爱人，忽而憎人；做事的时候，有时确为别人，有时却为自己玩玩，有时则竟因为希望将生命从速消磨，所以故意拼命的做。此外或者还有什么道理，自己也不甚了然。但我对人说话时，却总拣择光明些的说出，然而偶不留意，就露出阎王并不反对，而小鬼反不乐闻的话来。总而言之，我为自己和为别人的设想，是两样的。所以者何，就因为我的思想太黑暗，但是究竟是否真确，不得而知，所以只能在自身试验，不能邀请别人。其实小鬼希望父兄长存，而自己会吞藤黄，也是如此。

《莽原》实在有些穿棉花鞋了，但没有撒泼文章，真是无法。自己呢，又做惯了晦涩的文章，一时改不过来，初做时立志要显豁，而后来往往仍以晦涩结尾，实在可气之至！现在除附《京报》分送外，另售千五百，看的人也算不少。待"闹潮"略有结束，你这一匹"害群之马"[2]多来发一点议论罢。

鲁迅　五月三十日

1　吞藤黄：许广平在1925年5月27日致鲁迅信中曾说："虽则在初师时凭一时的血气和一个同学怄气，很傻的吞了些藤黄，终于成笑话的被救。"藤黄，树皮渗出的黄色树脂，有毒。

2　因许广平、刘和珍等6人被女师大校长杨荫榆开除的布告中有"开除学籍，即令出校，以免害群"的话。从此，"害马"成了鲁迅对许广平的昵称。

广平兄：

　　拆信案件，或者它们有些受了冤，因为卅一日的那一封，也许是我自己拆过的。那时已经很晚，又写了许多信，所以自己不大记得清楚，但记得将其中之一封拆开（从下方），在第一张上加了一点细注。如你所收的第一张上有小注，那就确是我自己拆过的了。

　　至于别的信，我却不能代它们辩护。其实私拆函件，本是中国惯技〔伎〕（我也早料到的，历来就已豫〔预〕防），但是这类技〔伎〕俩，也不过心劳日拙而已。听说明的方孝孺就被永乐灭十族，其一是"师"，但也许是齐东野语，我没有考查过这事的真伪。可是从西滢的文字上看来，此辈一得志，怕要"灭系"，"灭籍"了。

　　明明将学生开除，而布告文中文其词曰"出校"，我当时颇叹中国文字之巧。今见上海印捕击杀学生[1]，而路透电则云，"若干人不省人事"，可谓异曲同工，但此系中国报译文，不知原文如何。

　　其实我并不很喝酒，饮酒之害，我是深知道的。现在也还是不喝的时候多，只要没有人劝喝。多住些时，亦无不可的。

汪先生[1]的宣言发表了，而引"某女士"言以为重，可笑。他们大抵爱用"某"字，不知何也。又观其意似乎说"某籍某系"想将学校解散，也是一种奇谈，黑幕中人面目渐露，亦殊可观，可惜他又要"南归"了。

迅　六月二日

1　汪先生：指汪懋（mào）祖（1891-1949），江苏吴县（今苏州市区）人。教育家。时任女师大哲教系代理主任，女师大校长杨荫榆亲信之一。他在《致全国教育界的意见书》中称颂杨荫榆，并引用署名"一个女读者"的《女师大的学潮》一文。

广平兄：

六月六日的信并文稿早收到了，但我久没有复。今天又收到十二日信。其实我并不做什么事，而总是忙，拿不起笔来，偶然在什么周刊上写几句，也不过是敷衍，近几天尤其甚。这原因大概是因为"无聊"，人到无聊，便比什么都可怕，因为这是从自己发生的，不大有药可救。喝酒是好的，但也很不好。等暑假时闲空一点，我很想休息几天，什么也不做，什么也不看，但不知道可能够。

第一，小鬼不要变成狂人，也不要发脾气了。人一发狂，自己或者没有什么，——俄国的梭罗古勃以为倒是幸福，——但从别人看来，却似乎一切都已完结。所以我倘能力所及，决不肯使自己发狂，实未发狂而有人硬说我有神经病，那自然无法可想。性急就容易发脾气，最好要酌减"急"的角〔程〕度，否则，要防自己吃亏，因为现在的中国，总是阴柔人物得胜。

上海的风潮，也出于意料之外。可是今年的学生的动作，据我看来是比前几回进步了。不过这些表示，真所谓"就是这么一回事"。试想：北京全体学生而不能去一章士钉〔钊〕，女师大大多数学生而不能去一杨荫榆，何况英国和日本。但在学生一方面，也只能这么做，唯一的希望，就是等候意外飞来的"公理"。现在"公理"也确有点飞来了，而且，说英国不对的，还有英国人。所以无论如何，我总觉得鬼子比中国人文明，货只管排，而那品性却很有可学的地方。这种敢于指摘自己国度的错误的，中国人就很少。

所谓"经济绝交"者，在无法可想中，确是一个最好的方法，但有附带条件，要耐久，认真。这么办起来，有人说中国的实业就会借此促进，那是自欺欺人之谈。（前几年排斥日货时，大家也那么说，然而结果不过做成功了一种"万年糊"。草帽和火柴发达的原因，尚不在此。那时候，是连这种万年糊也不会做的，排货事起，有三四个学生组织了一个小团体来制造，我还是小股东，但是每瓶八枚铜子的糊，成本要十枚，而且总敌不过日本品。后来，折本，闹架，关门。现在所做的好得多，进步得多了，但和我辈无关也。）因此获利的却是美法商人。我们不过将送给英日的钱，改送美法，归根结蒂〔底〕，二五等于一十。但英日却究竟受损，为报复计，亦足快心而已。

可是据我看起来，要防一个不好的结果，就是白用了许多牺牲，而反为巧人取得自利的机会，这种事在中国也常有的。但在学生方面，也愁不得这些，只好凭良心做去，可是要缓而韧，不要急而猛。中国青年中，有些很有太"急"的毛病，——小鬼即其一，——因此，就难于耐久（因为开首太猛，易于将力气用完），也容易碰钉子，吃亏而发脾气：此不佞所再三申说者也，亦自己所实验者也。

前信反对"喝酒"，何以这回自己"微醉？"了？大作中好看的字面太多一点，拟删去些，然后"赐列第□期《莽原》"。

伏园的态度我日益怀疑，因为似乎已与西滢大有联络。其登载几篇反杨之稿，盖出于不得已。今天在《京副》上，至于指《猛进》、《现代》、《语丝》为"兄弟周刊"，简直有卖《语丝》以与《现代》拉拢之观。或者《京副》之专载沪事，不登他文，也还有别种隐情，（但这也许是我的妄猜）《晨副》即不如此。

我明知道几个人做事，真出于"为天下"是很少的。但人于现状，总该有点不平，反抗，改良的意思。只这一点共同目的，便可以合作。即使含些"利用"的私心，也不妨，利用别人，又给别人做点事，说得好看一点，就是"互助"。但是，我总是"罪孽深重，祸延"自己，每每终于发见〔现〕纯粹的利用，连"互"字也安不上，被用之后，只剩下耗了气力的自己而已。我的时常无聊，就是为此，但我还能将一切忘却，休息一时之后，从〔重〕新再来，即使明知道后来的运命未必会胜于过去。

本来有四张信纸已可写完，而牢骚发出第五张上去了。时候已经不早，非结束不可。止此而已罢。

迅　六月十三夜

然而，这一点空白，也还要用空话来填满。欧阳兰据说不到欧洲去了。我近来收到一封信，署名"捏蚊"，云要加入《莽原》，大约就是"雪纹"（也即欧阳兰）。这回《民众文艺》上所登的署名"聂文"的，我想也是她。有麟[1]粗心，没有看出。它们又在闹琴心式的玩艺了。

这一点空白，即以这样填满。

---

1 即荆有麟（1903—1951），山西临猗（yī）人。他是鲁迅的学生，经鲁迅介绍任京报馆校对，参加《莽原》周刊出版工作，编过《民众文艺周刊》。

训词[1]：

你们这些小姐们[2]，只能逃回自己的窠里之后，这才想出方法来夸口；其实则胆小如芝麻（而且还是很小的芝麻），本领只在一齐逃走。为掩饰逃走起见，则云"想拿东西打人"，辄以"想"字妄加罗织，大发挥其杨家勃豀[3]式手段。呜呼，"老师"之"前途"，而今而后，岂不"棘矣"也哉！

不吐而且游白塔寺，我虽然并未目睹，也不敢决其必无。但这日二时以后，我又喝烧酒六杯，蒲桃酒五碗，游白塔寺四趟，可惜你们都已逃散，没有看见了。若夫"居然睡倒，重又坐起"，则足见不屈之精神，尤足为万世师表。总之：我的言行，毫无错处，殊不亚于杨荫榆姊姊也。

又总之：端午这一天，我并没有醉，也未尝"想"打人；至于"哭泣"，乃是小姐们的专门学问，更与我不相干。特此训谕知之！

此后大抵近于讲义了。且夫天下之人，其实真发酒疯者，有几何哉，十之九是装出来的。但使人敢于装，或者也是酒的力量

---

1 训词：旧指上对下教导和告诫的话。
2 指许广平、许羡苏、俞芬、俞芳等人。当年端午节，她们在鲁迅家聚餐，轮番向鲁迅敬酒。鲁迅微醉，假装要教训她们。她们"逃"散后，去逛白塔寺庙会。
3 勃豀（bó xī）：吵架，争斗。婆媳争吵。

罢。然而世人之装醉发疯，大半又由于倚〔依〕赖性，因为一切过失，可以归罪于醉，自己不负责任，所以虽醒而装起来。但我之计画〔划〕，则仅在以拳击"某籍"小姐[1]两名之拳骨而止，因为该两小姐们近来倚仗"太师母"之势力，日见跋扈，竟有欺侮"老师"之行为，倘不令其喊痛，殊不足以保架子而维教育也。然而"殃及池鱼"，竟使头罩绿纱及自称"不怕"之人们，亦一同逃出，如脱大难者然，岂不为我所笑？虽"再游白塔寺"，亦何能掩其"心上有杞天之虑[2]"的狼狈情状哉。

今年中秋这一天，不知白塔寺可有庙会，如有，我仍当请客，但无则作罢，因为恐怕来客逃出之后，无处可游，扫却雅兴，令我抱歉之至。

"……者"是什么？

"老师" 六月二十八日

那一首诗，意气也未尝不盛，但此种猛裂〔烈〕的攻击，只宜用散文，如"杂感"之类，而造语还须曲折，否，即容易引起反感。诗歌较有永久性，所以不甚合于做这样题目。

沪案以后，周刊上常有极锋利肃杀的诗，其实是没有意思的，情随事迁，即味如嚼蜡。我以为感情正烈的时候，不宜做〔作〕诗，否则锋铓〔芒〕太露，能将"诗美"杀掉。这首诗有此病。

---

1 "某籍"小姐："某籍"是陈西滢讥指鲁迅等浙江籍人士的用语。此处大约是指许羡苏、俞芬、俞芳，因她们三人都是浙江绍兴人。
2 心上有杞天之虑：杨荫榆在《对于暴烈学生之感言》中掉弄成语"杞人忧天"，鲁迅引用它，是为嘲讽她。

我自己是不会做〔作〕诗的，只是意见如此。编辑者对于投稿，照例不加批评，现遵来信所嘱，妄说几句，但如投稿者并未要知道我的意见，仍希不必告知。

迅　六月二十八日

广平兄：

昨夜，或者今天早上，记得寄上一封信，大概总该先到了。刚才接到二十八日函，必须写几句回答，便是小鬼何以屡次诚惶惶恐的赔罪不已，大约也许听了"某籍"小姐的什么谣言了罢，辟谣之举，是不可以已的。

第一，酒精中毒是能有的，但我并不中毒。即使中毒，也是自己的行为，与别人无干。且夫不佞年届半百，位居讲师，难道还会连喝酒多少的主见也没有，至于被小娃儿所激么？这是决不会的。

第二，我并不受有何种"戒条"，我的母亲也并不禁止我喝酒。我到现在为止，真的醉只有一回半，决不会如此平和。

然而"某籍"小姐为粉饰自己的逃走起见，一定将不知从那〔哪〕里拾来的故事（也许就从"太师母"那里得来的）加以演义，以致小鬼也不免赔罪不已了罢。但是，虽是"太师母"，观察也不会对，虽是"太太师母"，观察也不会对。我自己知道，那天毫没有醉，并且并不胡〔糊〕涂，击"房东"之拳，案〔按〕小鬼之头，全都记得，而且诸君逃出时可怜之状，也并不忘记，——虽然没有目睹游白塔寺。

所以，此后不准再来道歉，否则，我"学笈单洋，教鞭 17 载"，要发宣言以传布小姐们胆怯之罪状了。看你们还敢逞能么？

来稿有过火处，或者须改一点。"假日本人……"等话，大约是反对往执政府请愿，所以说的罢。总之，这回以打学生手心之马良为总指挥，就可笑。

《莽原》第 10 期，与《京报》（旧历六日）同时罢工了。发稿是星期三，当时并未想到须停刊，所以并将目录在别的周刊上登载了。现在正在交涉，要他们补印，还没有头绪；倘不能补，则旧稿便在本星期五出版。

《莽原》的投稿，就是小说太多，议论太少。现在则并小说也少，大约大家专心爱国，到民间去，所以不做文章了。

迅　六,二九　晚

广平仁兄大人阁下敬启者：

前蒙投赠之大作[1]，就要登出来，而我或将被作者暗暗咒骂。因为我连题目也已改换，而所以改换之故，则因为原题太觉怕人故也。收束处太没有力量，所以添了两句[2]，想来亦未必与尊意背驰，但总而言之：殊为专擅。尚希曲予海涵，免施贵骂，勿露"勃豀"之技，暂羁"害马"之才，仍复源源投稿，以光敝报，不胜侥幸之至！

至于大作所以常被登载者，实在因为《莽原》有些"闹饥荒"之故也。我所要多登的是议论，而寄来的偏多小说，诗。先前是虚伪的"花呀""爱呀"的诗，现在是虚伪的"死呀""血呀"的诗。呜呼，头痛极了！所以倘有近于议论的文章，即易于登出，夫岂"骗小孩"云乎哉！

又，新做文章的人，在我所编的报上，也比较的易于登出，此则颇有"骗小孩"之嫌疑者也。但若做得稍久，该有更进步之成绩，而偏又偷懒，有敷衍之意，则我要加以猛烈之打击。小心些罢！

肃此布达敬请

---

1 指许广平的《一死一生》。
2 鲁迅添的两句是："即使要吃人，与其吃死人的身体，倒不如吃活人的魂灵。"

戴面巾的波斯妇人 / 鲁迅藏外国明信片

"好说话的"安！

报言章士钊〔钊〕将辞，屈映光[1]继之，此即浙江有名之"兄弟向来素不吃饭"人物也，与士钊〔钊〕盖伯仲之间，或且不及，所以我总以为不革内政，即无一好现象，无论怎样游行示威。

---

1 屈映光（1881–1973）：浙江临海人。字文六，法名法贤。时任北洋政府临时参政员参政。据说曾有人请他赴晚宴，他回信说："弟向不吃饭，更不吃晚饭。"

京报的话 [1]

鲁迅

（编者注：这中间是鲁迅贴上的一九二五年七月十二日《京报》的一方剪报。）

"愚兄"呀！我还没有将我的模范文教给你，你居然先已发明了么？你不能暂停"害群"的事业，自己做一点么？你竟如此偷懒么？你一定要我用"教鞭"么？？！！

七,一五

1　1925年7月13日许广平致鲁迅信中，附寄《罗素的话》，署名景宋，文中除首尾部分是作者的话外，其余都是大段摘抄罗素的话。为此，鲁迅特意剪下7月12日《京报》一方贴于信笺，并在其前加《京报的话》的题目，署名鲁迅，剪报末附以如上的几句话。这是鲁迅以暗讽的方式对许广平的"懒"进行鞭策。

"愚兄"：

你的"勃豀"程度高起来了，"教育之前途棘矣"了，总得惩罚一次才好。

第一章 "嫩棣棣"[1]之特征。

1. 头发不会短至二寸以下，或梳得很光，或炮得蓬蓬松松。
2. 有雪花膏在于面上。
3. 穿莫名其妙之材料（只有她们和店铺和裁缝知道那些麻烦名目）之衣；或则有绣花衫一件藏在箱子里，但于端节偶一用之。
4. 嚷；哭……（未完）

第二章论 论"七·一六"[2]之不误。

---

1 "嫩棣棣"：许广平1925年7月15日致鲁迅信中对鲁迅的戏称，下面的议论由此而发。
2 "七·一六"：许广平在上信中说："你的信太令我发笑了，今天是星期三——七·一五——而你的信封上就大书特书的'七·一六'……这一天的差误，想是扯错了月份牌罢"。

"七·一六"就是今天，照"未来派"写法，丝毫不错。"愚兄"如执迷于俗中通行之月份牌，可以将那封信算作今天收到就是。

第三章　石驸马大街确在"宣外"[1]。

且夫该街，普通皆以为在宣内，我平常也从众写下来。但那天因为看见天亮，好看到见所未见，大惊小怪之后，不觉写了宣外。然而，并不错的，我这次乃以摆着许多陶器的一块小方地为中心，就是"宣内"。邮差都从这中心出发，所以向桥去的是往宣外，向石驸马街去的也是往宣外，已经送到，就是不错的确证。你怎么这样粗心，连自己住在那〔哪〕里都不知道？该打者，此之谓也欤！

第四章　"其妙"在此[2]。

《京报的话》承蒙费神一通，加以细读，实在劳驾之至。一张信纸分贴前后者，前写题目，后写议论，仿"愚兄"之办法也，惜未将本文重抄，实属偷懒，尚乞鉴原。至于其中有"刁作谦之伟绩"[3]，则连我自己也没有看见。因为"文艺"是"整个"的[4]，所以我并未细

1　"宣外"：许广平在信中说鲁迅把北京宣武门内"写作宣外，尤其该打"。

2　"其妙"在此：许广平在信中说，"'京报的话'，太叫我'莫名其抄'了"。鲁迅特意用'莫名其妙'对应许广平的'莫名其抄'。

3　"刁作谦之伟绩"：鲁迅剪寄的《京报》下方，刊有《古巴华侨界之大风潮》新闻一则，报导了当时驻古巴公使刁作谦"霸占领馆，踢烂房门，抢夺文件"等等，许广平读后莫名究竟。

4　"文艺"是"整个"的：欧阳兰在《"细心"误用了！》中有"诗是以内容为主，是整块的"、"文学是整块的东西"之类的话。

看，但将似乎五花八门的处所剪下一小"整个"，封入信中，使勃豁者看了许多工夫，终于"莫名其抄"，就算大仇已报。现在居然"姑看作'正经'"，我的气也有些消了。

第五章　"师古"无用[1]。

我这回的"教鞭"，系特别定做，是一木棒，端有一绳，略仿马鞭格式，为专打"害群之马"之用。即使蹲在桌后，绳子也会弯过去，虽师法"哥哥"，亦属完全无效，岂不懿欤！

第六章　"模范文"之分数。

拟给九十分，其中给你五分：抄工三分，末尾的几句议论二分。其余的八十五分，都给罗素[2]。

第七章　"不知是我好疑呢？

还是许多有可以令人发疑的原因呢？"（这题目长极了！）

---

1 "师古"无用：许信中说："记得我在家读书时……我的一个哥哥就和先生相对地围住桌子乱转，先生要伸长手将鞭打下来时，他就蹲下，终于挨不着打，如果嫩棣'犯上作乱'的用起'教鞭'，愚兄只得'师古'了，此告不怕。"
2 罗素（1872-1970）：二十世纪英国哲学家、数学家、逻辑学家、历史学家，分析哲学创始人之一。1950年获得诺贝尔文学奖，因其"多样且重要的作品，持续不断的追求人道主义理想和思想自由"。代表作品《幸福之路》、《西方哲学史》、《数学原理》、《物的分析》等。

答曰："许多有可以令人发疑的原因"呀！且夫世间以他人之文，冒为己作而告人者，比比然也。我常遇之，非一次矣。改"平"为"萍"，尚半冒也。虽曰可矣，奈之何哉？以及"补白"，由它去罢。

第九章　结论[1]。

肃此布复顺颂

嚷祉。

第十章　署名。

鲁迅。

第十一章　时候。

中华民国十四年七月十六日下午

七点二十五分八秒半

---

1 原件无第八章。

广平兄：

在好看的天亮还未到来之前，再看了一遍大作[1]，我以为还不如不发表。这类题目，其实，在现在，只能我做的，因为大概要受攻击。然而我不要紧，一则，我自有还击的方法，二则，现在做"文学家"似乎有些做厌了，仿佛要变成机械，所以倒很愿意从所谓"文坛"上摔下来。至于如诸君之雪花膏派，则究属"嫩"之一流，犯不上以一篇文章而得攻击或误解，终至于"泣下沾襟"。

那上半篇，如在小说，或回想的文章中，毫不为奇，但在论文中，而给现在的中国读者看，还太直白；至于下半篇，实在有点迂。我本来说：这种骂法，是"卑劣"的，而你却硬诬赖我"引以为荣"，真是可恶透了。

其实，对于满抱着传统思想的人们，也还大可以这样骂。看目下有些批评文章，外表虽然没有什么，而骨子里却还是"他妈的"思想，对于这样批评的批评，倒不如直接〔接〕爽快地骂出来，就是"即以其人之道，还治其人之身"，于人我均属合适。我常想：治中国应该有两种方法，对新的用新法，对旧的用旧法。例如"遗老"有罪，即该用清朝的法律：打屁股。因为这是他所佩服的。民国革

---

1 许广平读鲁迅的《论"他妈的！"》后，作《读〈论他妈的〉》一文。

命时，对于任何人都宽容——那时称为"文明"——但待到第二次革命失败，许多旧党对于革命党却不"文明"了：杀。假使那时（元年）的新党不"文明"，许多东西早已灭亡，那〔哪〕里会再来发挥他们的老手段。现在以"他妈的"骂背着祖宗的木主¹自傲的人，夫岂太过也欤哉！

还有一篇，今天已经发出去，但将两段并作一个题目了：《五分钟与半年》²。这多么漂亮呀。

天只管下雨，绣花衫不知如何，放晴的时候，赶紧晒一晒罢。千切千切！

迅　七月二十九或三十日　随便

---

1 木主系最早的故人替身物。木制的牌位，上书死者姓名以供祭祀。
2 指许广平文稿《五分钟以后》和《半年以后》，鲁迅将其合二为一。

景宋"女士"学席：

程门飞雪，贻误多时。愧循循之无方，幸骏才之易教。而乃年届结束，南北东西；虽尺素之能通，或下问之不易。言念及此，不禁泪下四条。

吾生倘能赦兹愚劣，使师得备薄馔，于月十六日午十二时，假宫门口西三条胡同二十一号周宅一叙，俾罄[1]愚诚，不胜厚幸！

顺颂

时绥。

师鲁迅　谨订〔一九二六年〕八月十五日早

---

1 俾罄（bǐ qìng）：用尽。

广平兄：

我于九月一日夜半上船，二日晨七时开，四日午后一时到厦门[1]，一路无风，船很平稳。这里的话，我一字都不懂，只得暂到客寓，打电话给林玉堂，他便来接，当晚即移入学校居住了。

我在船上时，看见后面有一只轮船，总是不远不近地走着，我疑心是广大[2]。不知你在船中，可看见前面有一只船否？倘看见，那我所悬拟的便不错了。

此地背山面海，风景佳绝，白天虽暖——约八十七八度[3]——夜却凉。四面几无人家，离市面约有十里，要静养倒好的。普通的东西，亦不易买。听差懒极，不会做事也不肯做事，邮政也懒极，星期六下午及星期日都不办事。

因为教员住室尚未造好——据说一月后可完工，但未必碻[4]——所以我暂住在一间很大的三层楼上，上下虽不便，眺望却佳。学校开课是二十日，还有许多天可闲。

---

1 受时任厦门大学文科主任林语堂邀请，鲁迅于1926年9月4日应聘赴厦大任教，开设中国文学史和中国小说史课，每周四节课，同时兼任国学院的研究教授。
2 许广平应聘赴广东女师任教，广大即许所乘轮船"广大"号。
3 此为华氏寒暑表的温度，大约是在30.5~31.1摄氏度之间。
4 碻（qiāo）：符合事实。

我写此信时，你还在船上，但我当于明天发出，则你一到校，此信也就到了。你到校后望即见告，那时再写较详细的情形罢，因为现在我初到，还不知道什么。

迅　九月四日夜

（明信片 [1] 背面）

从后面（南普陀）所照的厦门大学全景。

　前面是海，对面是鼓浪屿。

最右边的是生物学院与国学院，第三层楼上有 * 记的便是我所住的地方。

　昨夜发飓风，拔木发屋，但我没有受损害。

迅　九,十一

（明信片正面）

想已到校；已开课否？此地二十日上课。

十三日

---

1 这是一封写在明信片上的信。

广平兄：

依我想，早该得到你的来信了，然而还没有。大约闽粤间的通邮，不大便当，因为并非每日都有船。此地只有一个邮局代办所，星期六下午及星期日不办事，所以今天什么信件也没有——因为是星期〔天〕——且看明天怎样罢。

我到厦门后便发一信（五日），想早到。现在住了已经近十天，渐渐习惯起来了，不过言语仍旧不懂，买东西仍旧不便。开学在二十日，我有六点钟功课，就要忙起来，但未开学之前，却又觉得太闲，有些无聊，倒望从速开学，而且合同的年限早满。学校的房子尚未造齐，所以我暂住在国学院的陈列所里，是三层楼上，眺望风景，极其合宜，我已写好一张有这房子照相的明信片，或者将与此信一同发出。季黻[1]的事没有结果，我心中很不安，然而也无法可想。

十日之夜发飓风，十分利害，林玉堂的住宅的房顶也吹破了，门也吹破了。粗如笔干〔杆〕的铜门也都挤弯，毁东西不少。我所住的屋子只破了一扇外层的百叶窗，此外没有损失。今天学校近旁的海边漂来不少东西，有卓〔桌〕子，有枕头，还有死尸，可见别处还翻了船或漂

---

1 即许寿裳（cháng）（1883-1948），季黻（fú），浙江绍兴赵家坂人。现代传记作家、学者、教育家。鲁迅挚友。当时鲁迅正在为他谋职。

没了房屋。

　　此地四无人烟，图书馆中书籍不多，常在一处的人，又都是"面笑心不笑"，无话可谈，真是无聊之至。海水浴倒是很近便，但我多年没有浮水了；又想，倘使害马在这里，恐怕一定不赞成我这种举动，所以没有去洗；以后也不去洗罢，学校有洗浴处的。夜间，电灯一开，飞虫聚集甚多，几乎不能做事，此后事情一多，大约非早睡而一早起来做不可。

迅　九月十二日夜

　　今天（十四日）上午到邮政代办所去看看，得到你六日八日的两封来信，高兴极了。此地的代办所太懒，信件往往放在柜台上，不送来，此后来信可于厦门大学下加"国学院"三字，使他易于投递，且看如何。这几天，我是每日去看的，昨天还未见你的信，因想起报载英国鬼子在广州胡闹，入口船或者要受影响，所以心中很不安，现在放心了。看上海报，北京已戒严，不知何故；女师大已被合并为女子学院，师范部的主任是林素园（小研究系），而且于四日武装接收了，真令人气愤，但此时无暇管也无法管，只得暂且不去理会它，还有将来呢。

　　回上去讲我途中的事，同房的是一个五十多岁的广东人，姓魏或韦，我没有问清楚，似乎也是民党中人，所以还可谈，也许是老同盟会员罢。但我们不大谈政事，因为彼此都不知道底细；也曾问他从厦门到广州的走法，据说最好是从厦门到汕头，再到广州，和你所闻的客栈中人的话一样，我将来就这么走罢。船中的饭菜顿数，和"广大"一样，也有鸡粥，船也平稳，但无耶稣教徒，比你所遭遇的好得

063

多了。小船的倾侧，真太危险，幸而终于"马"已登陆，使我得以放心。我到厦时亦以小船搬入学校，浪也不小，但我是从小惯于坐小船的，所以一点也没有什么。

我前信似乎说过这里的听差很不好，现在熟识些了，觉得殊不尽然。大约看惯了北京的听差的唯唯从命的，即易觉得南方人的倔强，其实是南方的阶级观念，没有北方之深，所以便是听差，也常有平等言动，现在我和他们的感情已经好起来了，觉得并不可恶。但茶水很不便，所以我现在少喝茶了，或者这倒是好的。烟卷似乎也比先前少吸。

我上船时，是建人[1]送我去的，并有客栈里的茶房。当未上船之前，我们谈了许多话。谈到我的事情[2]时，据说伏园已经宣传过了（**怎么这样地善于推测，连我也以为奇**）。所以上海的许多人，见我的一行组织，便多已了然，且深信伏园之说。建人说：这也很好，省得将来自己发表。

建人与我有同一之景况，在北京所闻的流言，大抵是真的。但其人在绍兴，据云有时到上海来。他自己说并不负债，然而我看他所住的情形，实在太苦了，前天收到八月分〔份〕的薪水，已汇给他二百元，或者可以略作补助。听说他又常喝白干，我以为很不好，此后想勒令喝蒲桃酒，每月给与酒钱十元，这样，则三天可以喝一瓶了，而且是每瓶一元的。

---

1 周建人（1888-1984）：初名松寿，后改名建人，浙江绍兴人。鲁迅的三弟。
2 指鲁迅与许广平恋爱之事。下文的"建人与我有同一之景况"，指三弟周建人
　与王蕴如（1900-1990）的恋爱。

我已不喝酒了；饭是每餐一大碗（方底的碗，等于尖底碗的两碗），但因为此地的菜总是淡而无味（校内的饭菜是不能吃的，我们合雇了一个厨子，每月工钱十元，每人饭菜钱十元，但仍然淡而无味），所以还不免吃点辣椒末，但我还想改良，逐渐停止。

我的功课，大约每周当有六小时，因为玉堂希望我多讲，情不可却。其中两点是小说史，无须豫〔预〕备；两点是专书研究，须豫〔预〕备；两点是中国文学史，须编讲义。看看这里旧存的讲义，则我随便讲讲就很够了，但我还想认真一点，编成一本较好的文学史。你已在大大地用功，豫〔预〕备讲义了罢，但每班一小时，八时相同，或者不至于很费力罢。此地北伐顺利的消息也甚多，极快人意。报上又常有闽粤风云紧张之说，在此却看不出；不过听说鼓浪屿上已有很多寓客，极少空屋了，这屿就在学校对面，坐舢板[1]一二十分钟可到。

迅　九月十四日午

---

1 舢（shān）板：一种小船，也叫"三板"，原意是用三块板制成。

广平兄：

十三日发的给我的信，已经收到了。我从五日发了一信之后，直到十三四日才发信；十三以前，我只是等着等着，并没有写信，这一封才是第三封。前天，我寄了《彷徨》和《十二个》各一本。

看你所开的职务，似乎很繁重，住处亦不见佳。这种四面"碰壁"的住所，北京没有，上海是有的，在厦门客店里也看见过，实在使人气闷。职务有定，除自己心知其意，善为处理外，更无他法；住室总该有一间较好才是，否则，恐怕要瘦下。

本校今天行开学礼，学生在三四百人之间，就算作四百人罢，分为豫〔预〕科及本科七系，每系分三年级，则每级人数之寥寥，亦可想而知。此地不但交通不便，招考极严，寄宿舍也只容四百人，四面是荒地，无屋可租，即使有人要来，也无处可住，而学校当局还想本校发达，真是梦想。大约早先就是没有计画〔划〕的，现在也很散漫，我们来后，便都搁在须作陈列室的大洋楼上，至今尚无一定住所。听说现正赶造着教员的住所，但何时造成，殊不可知。我现在如去上课，须走石阶九十六级，来回就是一百九十二级，喝开水也不容易，幸而近来倒已习惯，不大喝茶了。我和兼士[1]及顾颉刚[2]，是早就收到聘书的，此外还有几个人，已经到此，而忽然不送聘书，玉堂费了许多力，才于前天送来；玉堂在此似乎也不大顺手，所以季黻的事，竟无法开口。

我的薪水不可谓不多，教科〔课〕是五或六小时，也可以算很少，但所谓别的"相当职务"，却太繁，有本校季刊的作文，有本院季刊的作文，有指导研究员的事（将来还有审查），合计起来，很够做做了。学校当局又急于事功，问履历，问著作，问计画〔划〕，问年底有什么成绩发表，令人看得心烦。其实我只要将《古小说钩沉》拿出去，就可以作为研究教授三四年的成绩了，其余都可以置之不理，但为了玉堂好意请我，所以我除教文学史外，还拟指导一种编辑书目的事[3]，范围颇大，两三年未必能完，但这也只能做到那〔哪〕里算那〔哪〕里了。

在国学院里的，顾颉刚是胡适之[4]的信徒，另外还有两三个，似乎是顾荐的，和他大同小异，而更浅薄，一到这里，孙伏园便要算可以谈谈的了。我真想不到天下何其浅薄者之多。他们语言无味，夜间还唱留声机，什么梅兰芳之类。我现在唯一的方法是少说话；他们的家眷到来之后，大约要搬往别处去了罢。从前在女师大的黄

---

1 沈兼士（1887-1947）：浙江吴兴（今湖州）人。沈尹默之弟。中国语言文字学学家、教育学家。时任厦门大学国学研究院研究部主任。

2 顾颉（jié）刚（1893-1980）：名诵坤，号颉刚，江苏吴县人。中国现代著名历史学家、民俗学家。时任厦门大学国学院教授兼文科国文系名誉讲师。

3 编辑书目的事：厦门大学国学院拟编印《中国图书志》，鲁迅负责小说类。

4 即胡适（1891-1962），原名嗣穈（mén），字适之，安徽绩溪人。早年留学美国。五四时期新文化运动的领袖之一。曾任北京大学校长。

坚[1]是一个职员兼林玉堂的秘书，一样浮而不实，将来也许会生风作浪，我现在也竭力地少和他往来。此外，教员内有一个熟人，是往陕西去时认识的，并不坏；集美中学内有师大旧学生五人，都是先前的国文系，昨天他们请我们吃饭，算作欢迎，他们是主张白话的，在此似乎有点孤立，吃苦。

这一星期以来，我对于本地更加习惯了，饭量照旧，这几天而且更能睡觉，每晚总可以睡九、十小时；但还有点懒，未曾理发，只在前晚用安全剃刀刮了一回髭须而已。我想从此整理为较有条理的生活；大约只要少应酬，关起门来，是做得到的。此地的点心很好；鲜龙眼已吃过了，并不见佳，还是香蕉好。但我不能自己去买东西，因为离市有十里，校旁只有一个小店，东西非常之少，店中人能说几句"普通话"，但我懂不到一半。这里的人似乎很有点欺生，因为是闽南了，所以称我们为北人，我被称为北人，这回是第一次。

现在的天气正像北京的夏末，虫类多极了，最利害的是蚂蚁，有大有小，无处不至，点心是放不过夜的。蚊子倒不多，大概是我在三层楼上之故；生疟疾的很多，所以校医常给我们吃金鸡那霜。霍乱已经减少了；但那街道，却真是坏，其实是在绕着人家的墙下，檐下走，无所谓路的。

兼士似乎还要回京去，他叫我代他的职务，我不答应他。最初的布置，我未与闻，中涂〔途〕接手，一班极不相干的人，指挥不灵，如何措手，还不如关起门来，"自扫门前雪"罢，况且我的工也

---

1 黄坚：江西清江人。时任厦门大学国学院陈列部干事兼文科主任办公室襄理。

已够多了。

　　章锡箴托建人写信给我，说想托你给《新女性》做一点文章，嘱我转达。不知可有这兴致？如有，可以先寄我，我看后转寄去。《新女性》的编辑，近来似乎是建人了，不知何故。那第九期，我已寄上，想早到了。

　　我从昨日起，已停止吃青椒，而改为胡椒了，特此奉闻。

　　再谈

迅　九月二十日下午

广平兄：

十七日的来信，今天收到了。我从五日发信后，只在十三日发一信片，十四日发一信，中间间隔，的确太多，致使你猜我感冒，我真不知怎样说才好。回想那时，也有些傻气，我到此以后，因为正听见英人在广州肇事，因疑你所坐的船，亦将为彼等所阻，所以只盼望来信，连寄信的事也拖延了。这结果，却使你久不得我的信。

现在十四的信，总该早到了罢。此后，我又于同日寄《新女性》一本，于十八日寄《彷徨》及《十二个》各一本，于二十日寄信一封（信面却写了二十一），想来都该到在此信之前。

我在这里，不便则有之，身体却好。此地无人力车，只好坐船或步行，现在已经练得走扶梯百余级，毫不费力了。眠食也都好，每晚吃金鸡那霜一粒，别的药一概未吃。昨日到市去，买了一瓶麦精鱼肝油，拟日内吃它。因为此地得开水颇难，所以不能吃散拿吐瑾[1]。但十天内外，我要移住教员寄宿舍去了，那时情形又当与在此不同，或者易得开水罢。（教员寄宿舍有两所，一所住单身人者曰博学楼，一所住有夫人者曰兼爱楼，不知何人所名，颇可笑。）

教科〔课〕也不算忙，我只六时，开学之结果，专书研究二小

---

1 德国产的补脑健胃药。

时无人选，只剩了文学史，小说史各二小时了。其中只有文学史须编讲义，大约每星期四五千字即可。看这里旧有的讲义和别人的办法，我本只要随便讲讲便够，但感林玉堂的好意，我还想好好的编一编，功罪在所不计。

这学校化〔花〕钱不可谓不多，而并无基金，也无计画〔划〕，办事散漫之至，我看是办不好的。

昨天中秋，有月，玉堂送来一筐月饼，大家分吃了，我吃了便睡，我近来睡得早了。

迅　九月二十二日下午

广平兄：

　　十八日之晚的信，昨天收到了。我十三日所发的明信片既然已经收到，我惟有希望十四日所发的信也接着收到。我惟有以你现在一定已经收到了我的几封信的事，聊自慰解而已。至于你所寄的七，九，十二，十七的信，我却都收到了，大抵是我或孙伏园从邮务代办处去寻来的，他们很乱，堆成一团，或送或不送，只要人去说要拿那〔哪〕几封，便给拿去，但冒领的事倒似乎还没有。我或伏园是每日自去看一回。

　　看厦大的国学院，越看越不行了。顾颉刚是自称只佩服胡适陈源两个人的，而潘家洵陈万里黄坚三人，皆似他所荐引。黄坚（江西人）尤善兴风作浪，他曾在女师大，你知道的罢，现在是玉堂的襄理，还兼别的事，对于较小的职员，气焰不可当，嘴里都是油滑话。我因为亲闻他密语玉堂："谁怎样不好"等等，就看不起他了。前天就很给他碰了一个钉子，他昨天借题报复，我便又给他碰了一个大钉子，而自己则辞去国学院兼职，我是不与此辈共事的；否则，何必到厦门。

　　我原住的房屋，须陈列物品了，我就须搬。而学校之办法甚奇，一面催我们，却并不指出搬到那〔哪〕里，此地又无客栈，真是无法可想。后来指给我一间了，又无器具，向他们要，而黄坚又故意刁

波斯少女 / 鲁迅藏外国明信片

难起来（不知何意，此人大概是有喜欢给别人为难的脾气的），要我开账签名，所以就给他碰了钉子而又大发其怒。大发其怒之后，器具就有了，又添了一个躺椅；总务长亲自监督搬运。因为玉堂邀请我一场，我本想做点事，现在看来，恐怕不行的，能否到一年，也很难说，所以我已决计将工作范围缩小，希图在短时日中，可以有点小成绩，不算来骗别人的钱。

此校用钱并不少，也很不得法，而有许多悭吝举动，却令人难耐。即如今天我搬房时，就又有一件。房中有两个电灯，我当然只用一个的，而有电机匠来必要取去其一个玻璃泡，止之不可。其实对于一个教员，薪水已经化〔花〕了这许多了，多点一个电灯或少点一个，又何必如此计较呢？取下之后，我就即刻发见〔现〕了一件危险事，就是他只是宝贝似的将电灯泡拿走，并不关闭电门。如果凑巧，我就也许竟会触电。将他叫回来，他才关上了，真是麻木万分。

至于我今天所搬的房，却比先前的静多了，房子颇大，是在楼上。前回的明信片上，不是有照相么？中间一共五座，其一是图书馆，我就住在那楼上，间壁是孙伏园与张颐（**今天才到，也是北大教员**），那一面本是钉书作场，现在还没有人。我的房有两个窗门，可以看见山。今天晚上，心就安静得多了，第一是离开了那些无聊人，也不必一同吃饭，听些无聊话了，这就很舒服。今天晚饭是在一个小铺里买了面包和罐头牛肉吃的，明天大概仍要叫厨子包做。又自雇了一个当差的，每月连饭钱十二元，懂得两三句普通话。但恐怕很有点懒。如果再没有什么麻烦事，我想开手编《中国文学史略》[1]了。来听我的讲义的学生，一共有二十三人（**内女生二人**），这

---

1 即《汉文学史纲要》。

不但是国文系全部，而且还含有英文、教育系的。这里的动物学系，全班只有一人，天天和教员对坐而听讲。

但是我也许还要搬。因为现在是图书馆主任请假着，玉堂代理，所以他有权。一旦本人回来，或者又有变化也难说。在荒地中开学校，无器具，无房屋给教员住，实在可笑。至于搬到那〔哪〕里去，现在是无从捉摸的。

现在的住房还有一样好处，就是到平地只须走扶梯二十四级，比原先要少七十二级了。然而"有利必有弊"，那"弊"是看不见海，只能见轮船的烟通〔筒〕。

这是我住过的地方

今夜的月色还很好，在楼下徊徘〔徘徊〕了片时，因有风，遂回，已是十一点半了。我想，我的十四的信，到二十，二十一或二十二总该寄到了罢，后天（二十七）也许有信来，先来写了这两张，待二十八日寄出。

二十二日曾寄一信，想已到了。

迅　二十五日之夜

今天是礼拜，大风，但比起那一回来，却差得远了。明天未必一定有从粤来的船，所以昨天写好的两张信，我决计于明天一早寄出。

昨天雇了一个人，叫作流水，然而是替工；今天本人来了，叫作春来，也能说几句普通话，大约可以用罢。今天又买了许多器具，大抵是铝做的，又买了一只小水缸，所以现在是不但茶水饶足，连吃散拿吐瑾也不为难了。（我从这次旅行，才觉到散拿吐瑾是补品中之最麻烦者，因为它须兼用冷水热水两种，别的补品不如此。）

有人看见我这许多器具，以为我在此要作长治久安之计了，殊不知其实不然。我仍然觉得无聊。我想，一个人要生活必需有生活费，人生劳劳，大抵为此。但是，有生活而无"费"，固然痛苦；在此地则似乎有"费"而没有了生活，更使人没有趣味了。我也许敷衍不到一年。

今天忽然有瓦匠来给我刷墙壁了，懒懒地乱了一天。夜间大约也未必能静心编讲义，玩一整天再说罢。

迅　九月二十六日晚七点钟

广平兄：

廿七日寄上一信，到了没有？今天是我在等你的信了，据我想，你于廿一二大约该有一封信发出，昨天或今天要到的，然而竟还没有到。所以我等着。

我所辞的兼职（*研究教授*），终于辞不掉，昨晚又将聘书送来了，据说林玉堂因此一晚睡不着。使玉堂睡不着，我想，这是对他不起的，所以只得收下，将辞意取消。玉堂对于国学院，虽然很热心，但由我看来，希望不多，第一是没有人才，第二是校长有些掣肘[1]（*我觉得这样*）。但我仍然做我该做的事，从昨天起，已开手编中国文学史讲义，今天编好了第一章；眠食都好，饭两浅碗，睡觉是可以有八或九小时。

从前天起，开始吃散拿吐瑾，只是白糖无法办理。这里的马〔蚂〕蚁可怕极了，小而红的，无处不到。我现在将糖放在碗里，将碗放在贮水的盘中，然而倘若偶然忘记，则顷刻之间，满碗都是小马〔蚂〕蚁，点心也这样；这里的点心很好，而我近来却怕敢买了，买来之后，吃过几个，其余的竟无处安放，我住在四层楼上的时候，常将一包点心和马〔蚂〕蚁一同抛到草地里去。

———————————

1 掣肘（chè zhǒu）：比喻有人从旁牵制，工作受干扰。

风也很厉害，几乎天天发，较大的时候，使人疑心窗玻璃就要吹破，若在屋外，则走路倘不小心，也可以被吹倒的。现在就呼呼地吹着。我初到时，夜夜听到波声，现在不听见了，因为习惯了，再过几时，风声也会习惯的罢。

现在的天气，同我初来时差不多，须穿夏衣，用凉席，在太阳下行走，即遍身是汗。听说这样的天气，要继续到十月底。

H.M.[1]　九月二十八日夜

今天下午收到廿四发的来信了，我所料的并不错，粤中学生情形[2]如此，却真出于我的"意表之外"，北京似乎还不至此。你自然只能照你来信所说的做，但看那些职务，不是忙得连一点闲空都没有么？我想做事自然是应该做的，但不要拼命地做才好。此地对于外面情形，也不大了然。北伐军是顺手的，看今天的报章，登有上海电（但这些电甚什〔么〕来路，却不明），总结起来：武昌还未降，大约要攻击；南昌猛扑数次，未取得。孙传芳已出兵。吴佩孚似乎在郑州，现正与奉天方面暗争保定大名。

我之愿"合同早满"者，就是愿意年月过得快，快到民国十七年[3]，可惜到此未及一月，却如过了一年了。其实此地对于我的身体，仿佛倒好，能吃能睡，便是证据，也许肥胖一点了罢。不过总有些

1　H.M.：鲁迅此信落款借用了许广平绰号"害马"的拼音缩号。

2　粤中学生情形：许广平1926年9月23日致鲁迅信中谈到，广东女师学生中有右派，"势力滋蔓，甚难图也。"

3　快到民国十七年：鲁迅与许广平在北京分手时约定两年后（即1928年）见面成家。

无聊，有些不满足，仿佛缺了什么似的，但我也以转瞬便是半年，一年，……聊自排遣，或者开手编讲义，来排遣排遣，所以眠食是好的。我在这里的心绪，还不能算不安，还可以毋须帮助，你可以给学校做点事再说。

中秋的情形，前信说过了，在黑龙江的谢君的事[1]，我早向玉堂提过，没有消息。看这里的情形，似乎喜欢用外江佬，据说是倘有不合，外江佬卷铺盖就走了，从此完事；本地人却永在近旁，容易结仇云。这也是一种特别的哲学。谢君令兄的事，我趁机还当一提；相见不如且慢，因为我在此不大有事情，倘他来招呼我，我也须回看他，反而多一番应酬也。

伏园今天接孟余[2]一电，招他往粤办报。他去否似尚未定。这电报是廿三发的，走了七天，同信一样慢，真奇。至于他所宣传的，是说：L家不但常有男学生，也常有女学生，有二人[3]最熟，但L是爱长的那个的。他是爱才的，而她最有才气，所以他爱她。但在上海，听了这些话并不为奇。

此地所请的教授，我和兼士之外，还有顾颉刚。这人是陈源，我是早知道的，现在一调查，则他所荐引之人，在此竟有七人之多，玉堂与兼士，真可谓胡〔糊〕涂之至。此人颇阴险，先前所谓不管外事，专看书云云的舆论，乃是全都为其所欺。他颇注意我，说我是名士派，

---

1 谢君的事：谢君指谢敦南，许广平好友常瑞麟之夫。他于1926年9月12日给许广平写信，托鲁迅为其兄谢德南在厦大谋职。谢德南住厦门鼓浪屿，当时在家赋闲。

2 孟余：原名顾兆熊（1888-1972），原籍浙江上虞县，河北宛平（今属北京）人。中华民国政治人物与教育家，时任广州中山大学委员会副委员长。

3 有二人：指许广平和许羡钦。许广平比许羡钦高，是信中"长的那个"。许羡钦（1901-1986），浙江绍兴人，许钦文的四妹。

可笑。好在我并不想在此挣子孙帝王万世之业，不管他了。只是玉堂们真是呆得可怜。

齐寿山[1]所要的书，我记得是小板〔版〕《说文解字注》（段玉裁的），但我却未闻广东有这样的板〔版〕。我想是不必给他买的，他说了大约已忘记了。他现在不在家，大概是上天津了，问何时回来，他家里的人答道不一定。（季黻来信说如此）

我到邮政代办处的路，大约有八十步，再加八十步，才到便所，所以我一天总要走过三四回，因为我须去小解，而它就在中途，只要伸首一窥，毫不费事。天一黑，我就不到那里去了，就在楼下的草地上了事。此地的生活法，就是如此散漫，真是闻所未闻。我因为多来了几天，渐渐习惯，而且骂来了一些用具，又自买了一些用具，又自雇了一个用人，好得多了；近几天有几个初来的教员，被迎进在一间冷房里，口干则无水，要小便则需远行，还在"茫茫若丧家之狗"哩。

听讲的学生倒多起来了，大概有许多是别科的。女生共五人。我决定目不邪〔斜〕视，而且将来永远如此，直到离开厦门，和 HM 相见。东西不大乱吃，只吃了几回香蕉，自然比北京的好。但价亦不廉，此地有一所小店，我去买时，倘五个，那里的一个老婆子就要"吉格浑"（一角钱），倘是十个，便要"能（二）格浑"了。究竟是确要这许多呢，还是欺我是外江佬之故，我至今还不得而知。好在我的钱原是从厦门骗来的，拿出"吉格浑""能格浑"去给厦门人，也不打紧。

我的功课现在有五小时了，只有两小时须编讲义，然而颇费事，

---

1 齐寿山：即齐宗颐（1881-1965），河北高阳人。鲁迅的好友兼同事。

因为文学史的范围太大了。我到此之后，从上海又买了约一百元书。建〔人〕已有信来，讶我寄他之钱太多，他已迁居，而与一个无锡人同住，我想这是不好的，但他也不笨，想不至于上当。

　　要睡觉了，已是十二时，再谈罢。

迅　九月三十日之夜

广平兄：

一日寄出一信并《莽原》两本，早到了罢。今天收到九月廿九的来信了，忽然于十分的邮票大发感慨[1]，真是孩子气。花了十分，比寄失不是好得多么？我先前闻粤中学生情形，颇出于"意表之外"，今闻教员情形[2]，又出于"意表之外"，我先前总以为广东学界状况总该比别处好的〔得〕多，现在看来，似乎也只是一种幻想。你初作〔做〕事，要努力工作，我当然不能说什么，但也须兼顾自己，不要"鞠躬尽瘁"才好。至于作文，我怎样鼓舞，引导呢？我说：大胆做〔作〕

来，先寄给我！不够么？好否我先看，即使不好，现在太远，不能打手心，只得记账了，这就已可以放胆写来，无须畏缩了。称人"嫩弟[3]"之罪，亦一并记在账上。

看起放大的住室[4]来，似乎比我的阔些。

---

1 鲁迅将《彷徨》和《十二个》寄许广平，花邮费10分，许广平在信中说这样"太不经济"。

2 教员情形：许广平的宿舍与龙姓、关姓、徐姓三位小学教员为邻，她们"胸襟狭窄"，经常"大嘈大嚷"，还不讲卫生。

3 "嫩弟"：许广平1926年9月28日信中称鲁迅为"嫩弟弟"。

4 放大的住室：许广平1926年9月28日致鲁迅信中介绍她在广东女师的宿舍，并绘制了平面图，题为"放大我住室"。

我的房如上图，器具寥寥，皆以奋斗得来者也，所以只有半屋。但自从买了火酒灯之后，我也忙了一点，因为凡有饮用之水，我必煮沸一回才用，因为忙，无聊也仿佛减少了。酱油已买，也常吃罐头牛肉，何尝省钱！火腿我却不想吃，在西三条时吃厌了。在上海时，我和建人因为吃不多，只叫了一碗虾仁炒饭，不料又惹出影响，至于不在先施公司多买东西，孩子之神经过敏，真令人无法可想。相距又远，鞭长不及马腹，也还是姑且记在账上罢。

我在此常吃香蕉，柚子，都很好；至于杨桃，却没有见过，又不知道是什么名字，所以也无从买。鼓浪屿也许有罢，但我还未去过，那地方无非像租界，我也无甚趣味，终于懒下来了。此地雨倒不多，只有风，现在还热，可是荷叶却干了，一切花，我大概不认识；羊是黑的。防止蚂蚁，我现也用四面围水之法，总算白糖已经安全；而在桌上，则昼夜总有十余匹爬着，拂去又来，没有法子。

我现在专取闭关主义，一切教职员，少与往来，也少说话。此地之学生似尚佳，清早便运动，晚亦常有；阅报室中也常有人，对我之感情似亦好，多说文科今年有生气了，我自省自己之懒惰，殊为内愧。小说史有成书；所以我对于编文学史讲义，不愿草率，现已有两章付印了，可惜此地藏书不多，编起来很不便。

西三条有信来，都平安的，煤已买，每吨至二十元。学校还未开课，北大学生去缴学费，而当局不收，可谓客气，然则开学之毫无把握可知。女师大的事，没有听到什么，单知道教员大抵换了男师大的，历史兼国文主任是白月恒（字眉初），黎锦熙也去教书了，大概暂时当是研究系势力，总之，环境如此，女师大是不会单独弄好的。

季黻要送家眷回南，自己行踪未定，我曾为之写信向中日学院

（在天津）设法，但恐亦无效。他也想赴广东，而无介绍，去看寿山，则他已经不在家了。此地总无法想，玉堂也不能指挥如意，许多人的聘书，校长压了多日才发下来。他是尊孔的，对于我和兼士，倒还没有什么，但因为化〔花〕了这许多钱，汲汲〔亟亟〕乎要有成效，如以好草喂牛，要挤好牛乳一般。玉堂也略有此意，所以不日要开展览会，除学校自买之泥人而外，还要将我的石刻拓片挂出。其实这些古董，此地人那〔哪〕里会懂，无非胡里胡涂〔糊里糊涂〕，忙碌一番而已。

在此地似乎刺戟〔激〕少些，所以我颇能睡，但也做不出文章来，北京来催，只好不理；这几天觉得心绪也平稳些，大约有些习惯了。开明书店想我有书给他印，我还没有。对于北新，则我还未将《华盖集续篇〔编〕》整理给他，因为没有工夫。长虹和这两店，闹起来了，因为要钱的事。沉钟社和创造社，也闹起来了，现已以文章口角[1]。创造社伙计内部，也闹起来了，已将柯仲平[2]逐走，原因我不知道。

迅　十，四　夜

---

1 以文章口角：1926年夏，创造社成员周全平与沉钟社成员陈炜（wěi）谟在各自的刊物就"《沉钟》半月刊未能由创造社出版部印行的原因"展开争论。
2 柯仲平（1902—1964）：诗人，云南广南人。当时在创造社出版部工作。

广平兄：

　　十月四日得九月廿九日来信后，即于五日寄一信，想已收到了。人间的纠葛真多，兼士直到现在，未在应聘书上签名，前几天便拟于国学研究院成立会开毕之后，便回北京去，因为那边也有许多事待他料理。玉堂就大不谓然，甚至于说了许多气话（对我）。然而兼士却非去不可。我便从中调和：先令兼士在应聘书上签名，然后请假到北京去一趟，年内再来厦门一次，算是在此半年。兼士有些可以了，玉堂却又坚执不允，非他在此整半年不可。我只好退开。过了两天，玉堂也可以了，大约也觉得除此更别别路了罢。现在此事只要经校长允许后，便要告一结束了。兼士大约十五左右动身，闻先将赴粤一看，再向上海。伏园恐怕也同行，是否便即在粤，抑接洽之后，仍再回厦门一次，则不得而知，孟余请他是办副刊，他已经答应了，但何时办起，则似未定。

　　从我想，兼士当初是未尝不豫〔预〕备常在这里的，待到厦门一看，觉交通之不便，生活之无聊，就不免"归心如箭"了。这实在是无可奈何的事，叫我如何劝得他。

　　这里的学校当局，虽出重资聘请教员，而未免视教员如变把戏者，要他空拳赤手，显出本领来。即如这回开展览会，我就吃苦不少。当开会之先，兼士要我的碑碣拓片去陈列，我答应了。但我只有一张小书桌和小方桌，不够用，只得摊在地上，一一选出。待到拿到会场去时，则除孙伏园自告奋勇，同去陈列之外，没有第二人帮忙，寻校役也寻不到。于是只得二人陈列，高处则须桌上放一椅子，由我站上去。弄至中途，黄坚硬将孙伏园叫去了，因为他是"襄理"（玉堂的），有叫孙伏园去之权力。兼士看不过去，便自来帮我，他喝了一点酒，跳上跳下，晚上便大吐了一通。襄理的位置，正如明朝的太监，可以倚靠权势，胡作非为，而受害的却不是他，是学校。昨天因为黄坚对书记下条子（上谕式的），下午同盟罢工了，后事不知如何。玉堂信用此人，可谓昏极。我前回辞国学院研究教授而又中止者，因恐怕兼士玉堂为难也，现在看来，总非坚决辞去兼职不可，人亦何苦因为太为别人计，而自轻自辱至此哉。

此地的生活也实在无聊，外省的教员，几乎无一人作长久之计。兼士之去，固无足怪。但我比兼士随便些，又因为见玉堂的兄弟（他有二兄一弟都在厦大）及太太，都很为我们的生活操心；学生对我尤好，只恐怕我在此住不惯，有几个本地人，甚至于星期六不回家，豫〔预〕备星期日我要往市上去玩，他们好同去作翻译，所以只要没有什么大〔太〕下不去的事，我总想至少在此讲一年，否则，我也许早跑到广州或上海去了。（但还有几个很欢迎我的人，是想我开口攻击此地的社会等等，他们来跟着开枪。）

今天是双十节[1]，却使我欢喜非常，本校先行升旗礼，三呼万岁，于是有演说，运动，放鞭炮。北京的人，似乎厌恶双十似的，沉沉如死，此地这才像双十节。我因为听北京过年的鞭炮听厌了，对鞭

---

1 1911年10月10日武昌起义，也是辛亥革命的开端，后建立中华民国。1912年9月28日南京临时参议院将此日定为国庆，称为"双十节"。

炮有了恶感，这回才觉得却也好听。中午同学生上饭厅，吃了一碗不大可口的面（大半碗是豆芽菜），晚上是恳亲会，有音乐和电影，电影因为电力不足，不甚了然，但在此已视同宝贝了。教员太太将最新的衣服都穿上了，大约在这里，一年中另外也没有什么别的聚会了罢。

听说厦门市上今天也很热闹，商民都自动地挂旗结彩庆贺，不像北京那样，听警察吩咐之后，才挂出一张污秽的五色旗来。此地人民的思想，我看其实是"国民党的"，并不老旧。

自从我到此之后，各种寄给我的期刊很杂乱，忽有忽无。我有时想分寄给你，但不见得期期有，勿疑为邮局失落，好在这类东西，看过便罢，未必保存，完全与否亦无什么关系。

我来此已一月余，只做了两篇讲义，两篇稿子给《莽原》；但能睡，身体似乎好些。今天听到一种传说，说孙传芳的主力兵已败，没有什么可用的了，不知确否。我想一二天内该可以得到来信，但这信我明天要寄出了。

迅　十月十日

广平兄：

昨天刚寄出一封信，今天就收到你五日的来信了。你这封信，在船上足足躺了七天多，因为有一个北大学生来此做编辑员的，就于五日从广州动身，船因避风或行或止，直到今天才到，你的信大概就与他同船的。一封信的往返，来回就须二十天，真是可叹。

我看你的职务太烦剧了，薪水又这么不可靠，衣服又须如此变化，你够用么？我想一个人也许应该做点事，但也无须乎劳而无功。天天看学生的脸色办事，于人我都无益，就是敝〔撒〕精神于无用之地，你说寻别的事并不难，然则何必一定要等到学期之末呢？忙自然不妨，但倘若连自己休息的时间都没有，那可是不值得的。

我的能睡，是出于自然的，此地虽然不乏琐事，但究竟没有北京的忙，即如校对等事，在此就没有。酒是自己不想喝，我在北京，太高兴和太愤懑时就喝酒，这里虽仍不免有小刺戟〔激〕，然而不至于"太"，所以可以无须喝了，况且我本来没有瘾。少吸烟卷，可不知道是怎么一回事，大约因为编讲义，只要调查，不须思索之故罢。但近几天可又多吸了一点，因为我连做了四篇《旧事重提》。这东西还有两篇便完，拟下月再做；从明天起，又要编讲义了。

钟少梅的事 [1]，我先前也知道一点，似乎是在《世界日报》上看见的，赵世德 [2] 的事却没有载。人心真是难测，兼士尚未动身，他连替他的人也还未弄妥，本来我最相宜，但我早拒绝了，不再自投于这样口舌是非之地。他因为急于回北京，听说不往广州了；伏园似乎还要去一趟。今天又得李遇安 [3] 从大连来信，知道他往广州，但不知道他去作何事。

广东多雨，天气和厦门竟这么不同么？这里不下雨，不过天天有风，而风中很少灰尘，所以并不讨厌。我从自买了火酒灯以后，开水不生问题了，但饭菜总不见佳。从后天起要换厨子了，然而大概总还是差不多的罢。

迅　十月十二日夜

八日的信，今天收到了；以前九月廿四，廿九，十月五日的信，也都收到。看你收入和做事的比例，实在太不值得了，与其如此，岂不是还是拿几十元的地方好些么？你不知能即另作他图否？那里可能即别有机会否？我以为如此情形，努力也都是白费的。

"经过一次解散而去的"，自然要算有福，倘我们在那里，当然要气愤得多。至于我在这里的情形，我信中都已陆续说出，辞去研究教授之后（**我现在还想辞**），还有国文系教授，所以于去留并不发

---

1 女师大职员钟少梅曾向当局告密，导致四名学生开除。钟少梅告密有功，升为注册部主任，没过几天，注册部就另换人了。
2 赵世德为女师大舍监，后被另一个舍务主任罗静轩逼走。
3 李遇安：河北人，《莽原》、《语丝》的投稿者，1926年10月在广州中山大学任职。

生问题。我在此地其实也是卖身，除为了薪水之外，再没有别的什么，但我现在或者还可以暂时敷衍，再看情形。当初我也未尝不想起广州，后来一听情形，就暂时不作此想了，你看陈惺农[1]尚且站不住，何况我呢。

其实我在这里不大高兴的原因，首先是在周围多是语言无味的人，不足与语，令我觉得无聊。他们倘让我独自躲在房里看书，倒也罢了，偏又常常给我小刺戟〔激〕。我也未尝不自己在设法消遣，例如大家集资看影戏，我也加入的，在这里要看影戏，也非请来做不可，一晚六十元。

你收入这样少，够用么？我希望你通知我。

伏园不远要到广州去看一看，但我的事绝不想他留心，所以我也不要他在顾先生面前说。我的离开厦门，现在似乎时机未到，看后来罢。其实我在此地，很有一班人当作大名士看，和在北京的提心吊胆时候一比，平安得多，只要自己的心静一静，也未尝不可暂时安住。但因为无人可谈，所以将牢骚都在信里对你发了，你不要以为我在这里苦得很。其实也不然的。身体大概比在北京还要好点。

今天本地报上的消息很好，但自然不知道可确的。一，武昌已攻下；二，九江已取得；三，陈仪（孙之师长）等通电主张和平；四，樊钟秀[2]已取得开封，吴逃保定（一云郑州）。但总而言之，即使要打折扣，情形很好总是真的。

迅　十月十五夜

---

1 陈惺农：即陈启修（1886-1960），四川中江人。时任广州《民国日报》社长。
2 樊钟秀（1888-1930）：河南宝丰人。当时他率部配合北伐军在南阳、邓县一带追击吴佩孚。

广平兄：

今天（十六日）刚寄一信，下午就收到双十节的来信了。寄我的信，是都收到的。我一日所寄的信，既然未到，那就恐怕已和《莽原》一同遗失。我也记不清那信里说的是什么了，由它去罢。

我的情形，并未因为怕害马神经过敏而隐瞒，大约一受刺激，便心烦，事情过后，即平安些。可是本校情形实在太不见佳，顾颉刚之流已在国学院大占势力，周览（鲠生）[1]又要到这里来做法律系主任了，从此《现代评论》色彩，将弥漫厦大。在北京是国文系对抗着的，而这里的国学院却弄了一大批胡适之陈源之流，我觉得毫无希望。你想：坚〔兼〕士至于如此胡〔糊〕涂，他请了一个顾颉刚，顾就荐三人，陈乃乾，潘家洵，陈万里，他收了；陈万里又荐两人，罗某，黄某，他又收了。这样，我们个体，自然被排斥。所以我现在很想至多在本学期之末，离开厦大。他们实在有永久在此之意，情形比北大还坏。

另外又有一班教员，在作两种运动：一是要求永久聘书，没有年限的；一是要求十年二十年后，由学校付给养老金终身。他们似

---

1 周鲠（gěng）生（1889–1971）：又名周览，湖南长沙人。国际法专家、外交史家、教育家。

乎要想在这里建立他们理想中的天国，用橡皮做成的。谚云"养儿防老"，不料厦大也可以"防老"。

我在这里又有一事不自由，学生个个认得我了，记者之类亦有来访，或者希望我提倡白话，和旧社会大闹一通，或者希望我编周刊，鼓吹本地新文艺，而玉堂之流又要我在《国学季刊》上做些"之乎者也"，还有学生周会去演说，我真没这三头六臂。今天在本地报上载着一篇访我的记事，记者对于我的态度，以为"没有一点架子，也没有一点派头，也没有一点客气，衣服也随便，铺盖也随便，说话也不装腔作势……"觉得很出意料之外。这里的教员是外国博士很多，他们看惯了那俨然的模样的。

今天又得了朱家骅君的电报，是给兼士玉堂和我的，说中山大学已改职（当是"委"字之误）员制，叫我们去指示一切。大概是议定学制罢。兼士急于回京，玉堂是不见得去的。我本来大可以借此走一遭，然而上课不到一月，便请假两三星期，又未免难于启口，所以十之九总是不能去了，这实是可惜，倘在年底，就好了。

无论怎么打击，我也不至于"秘而不宣"，而且也被打击而无怨。现在柚子是不吃已有四五天了，因为我觉得不大消化。香蕉却还吃，先前是一吃便要肚痛的，在这里却不，而对于便秘，反似有好处，所以想暂不停止它，而且每天至多也不过四五个。

一点泥人和一点拓片便开展览会，你以为可笑么？还有可笑的呢。陈万里并将他所照的照片陈列起来，几张古壁画的照片，还可以说是与"考古"相关，然而还有什么牡丹花，夜的北京，北京的刮风，苇子……。倘使我是主任，就非令撤去不可；但这里却没有一个人觉得可笑，可见在此也惟有陈万里们相宜。又国学院从商科借了一套历代古钱来，我一看，大半是假的，主张不陈列，没有通过；我说"那么，应该写作'古钱标本'。"后来也不实行，听说是恐怕商科生气。后来的结果如何呢？结果是看这假古钱的人们最多。

这里的校长是尊孔的，上星期日他们请我到周会演说，我仍说我的"少读中国书"主义，并且说学生应该做"好事之徒"。他忽而大以为然，说陈嘉庚[1]也正是"好事之徒"，所以肯兴学，而不悟和他的尊孔冲突。这里就是如此胡里胡涂〔糊里糊涂〕。

H.M. 十月十六日之夜

---

1 陈嘉庚（1874-1961）：著名的爱国侨领。福建集美人，创办了集美学校、厦门大学。厦门大学、集美学校各校师生都尊称其为"校王"。

广平兄：

　　伏园今天动身了。我于十八日寄你一信，恐怕就在邮局里一直躺到今天，将与伏园同船到粤罢。我前几天几乎也要同行，后来中止了。要同行的理由，小半自然也有些私心，但大部分却是为公，我以为中山大学既然需我们商议，应该帮点忙，而且厦大也太过于闭关自守，此后还应与〔其〕他大学往还。玉堂正病着，医生说三四天可好，我便去将此意说明，他亦深以为然，约定我先去，倘尚非他不可，我便打电报叫他，这时他病已好，可以坐船了。不料昨天又有了变化，他不但自己不说去，而且对于我的自去也借口阻挠，说最好是向校长请假。教员请假，向来应归主任管理的，现在这样说，明明是拿难题给我做。我想了一通，就中止了。此外还有一个原因，大概因为与南洋相距太近之故罢，此地实在太斤斤于银钱，"某人多少钱一月"等等的话，谈话中常听见；我们在此，当局者也日日希望我们做许多工作，发表许多成绩，像养牛之每日挤牛奶一般。某人每日薪水几元，大约是大家念念不忘的。我一行，至少需两星期，有许多人一定以为我白白骗去了他们半月薪水，或者玉堂之不愿我旷课，也是此意。我已收了三月的薪水，而上课才一月，自然不应该又请假，但倘计画〔划〕远大，就不必斤斤于此，因为将来可以尽力之日正长。然而他们是眼光不远的，我也不作久远之想，所以我便不走，拟于本年中为他们作一篇季刊上的文章，给他们到学术讲演会去讲演一次，又将我所辑的《古小说钩沉》献出，则学校可以觉得钱不白化〔花〕，而我也可以来去自由了。至于研究教授，则自然不再去辞，因为即使辞掉，他们也仍要想法使你做别的工作，使利息与国文系教授之薪水相当，不会给我便宜的，倒是任它拖着的好。

关于银钱的推测，你也许以为我神经过敏，然而这是的确的。当兼士要走的时候，玉堂托我挽留，不得结果。玉堂便愤愤地对我道：他来了这几天就走，薪水怎么报销。兼士从到至去，那时诚然不满二月，但计画〔划〕规程，立了国学院基础，费力最多，以厦大而论，给他三个月薪水，也不算多。今乃大有索还薪水之意，我听了实在倒抽了一口冷气。现在是说妥当了，兼士算应聘一年，前薪不提，此后是再来一两回；不在此的时候不支薪，他月底要走了。

此地研究系的势力，我看要膨涨〔胀〕起来，当局者的性质，也与此辈相合。理科也很忌文科，正与北大一样。闽南与闽北人之感情如水火，有几个学生很希望我走，但并非对我有恶意，乃是要学校倒楣〔霉〕。

这几天此地正在欢迎两个名人。一个是太虚和尚到南普陀来讲经，于是佛化青年会提议，拟令童子军捧花，随太虚行踪而散之，以示"步步生莲花"之意。但此议似未实行，否则和尚化为潘妃，倒也有趣。一个是马寅初博士到厦门来演说，所谓"北大同人"，正在发昏章第十一[1]，

---

1 发昏章第十一：意为昏了头，语出《水浒传》第26回。

排班欢迎。我固然是"北大同人"之一，也非不知银行可以发财，然而于"铜子换毛钱，毛钱换大洋"学说，实在没有什么趣味，所以都不加入，一切由它去罢。

二十日下午

写了以上的信之后，躺下看书，听得打四点的下课钟了，便到邮政代办所去看，收得了十五日的来信。我那一日的信既已收到，那很好。邪〔斜〕视尚不敢，而况"瞪"乎？至于张先生的伟论[1]，我也很佩服，我若作文，也许这样说的；但事实怕很难，我若有公之于众的东西，那是自己所不要的，否则不愿意。以己之心，度人之心，知道私有之念之消除，大约当在二十五〔世〕纪，所以决计从此不瞪了。

这里近三天凉起来了，可穿夹衫，据说到冬天，比现在冷得不多，但草却已颇有黄了的，蚂蚁已用水防止，纱厨〔橱〕太费事了，我用的是一盘贮水，上加一杯，杯上放一箱，内贮食物，蚂蚁倒也无法飞渡。至于学生方面，对我还是好的，他们想出一种文艺刊物，我已为之看稿，大抵尚幼稚，然而初学的人，也只能如此，或者下月要印出来。至于工作，我不至于拼命，我实在懒得多了，时常闲

---

1 张先生的伟论：张竞生认为，人的精神境界提高之后，一切包括爱人都愿公之于众，让人像鲜花美画一样欣赏，打消据为己有之私念。张竞生（1888-1970），广东饶平人，民国第一批留洋（法国）博士。1921至1926年任北京大学哲学系教授，著有《美的人生观》、《性史》等，他是在中国提出和确立风俗学的第一人。

着玩，不做事。

你不会起草章程，并不足为能力薄弱之证据。〔起〕草章程是别一种本领，一须多看章程之类，二须有法律趣味，三须能顾到各种事件。我就最厌恶这东西，或者也非你所长罢。然而人又何必定须会做章程呢？即使会做，也不过一个"做章程者"而已。

研究系比狐狸还坏，而国民党则太老实，你看将来实力一大，他们转过来来拉拢，民国便会觉得他们也并不坏。今年科学会在广州开会，即是一证，该会还不是多是灰色的学者么？科学在那〔哪〕里？而广州则欢迎之矣。现在我最恨什么"学者只讲学问，不问派别"这些话，假如研究造炮的学者，将不问是蒋介石，是吴佩孚，都为之造么？国民党有力时，对于异党宽容大量，而他们一有力，则对于民党之压迫陷害，无所不至，但民党复起时，却又忘却了，这时他们自然也将故态隐藏起来。上午和兼士谈天，他也很以为然，希望我以此提醒众人，但我现在没有机会，待与什么言论机关有关系时再说罢。我想伏园未必做政论，是办副刊，孟余们的意思，大约以为副刊的效力很大，所以想大大的干一下。

北伐军得武昌，得南昌，都是确的；浙江确也独立了，上海近旁也许又要小战，建人又要逃难，此人也是命运注定，不大能够安逸的。但走几步便是租界，不成问题。

重九日这里放一天假，我本无功课，毫无好处，登高之事，则厦门似乎不举行。肉松我不要吃，不去查考了。我现在买来吃的，只是点心和香蕉；偶然也买罐头。

明天要寄你一包书，都是另另〔零零〕碎碎的期刊之类，历来积下，现在一总寄出了。内中的一本《域外小说集》，是北新新近寄来的，夏季你要，我托他们去买，回说北京没有，这回大约是碰见了，所以寄来的罢，但不大干净，也许是久不印，没有新书之故。现在你不教国文了，已没有用，但他们既然寄来，也就一并寄上，自己不要，可以给人的。

我已将《华盖集续编》编好，昨天寄去付印了。

（季黻终于找不到事做，真是可怜。我不得已，已托伏园面托孟余）

迅　二十日灯下

广平兄：

我今天（二十一）上午刚发一信，内中说到厦门佛化青年会欢迎太虚的笑话，不料下午便接到请柬，是南普陀寺和闽南佛学院公宴太虚，并请我作陪，自然也还有别的人。我决计不去，而本校的职员硬邀我去，说否则他们以为本校看不起他们。个人的行动，会涉及全校，真是窘极了，我只得去，只穿一件蓝洋布大衫而不戴帽，乃敝人近日之服饰也。罗庸[1]说太虚"如初日芙蓉"，我实在看不出这样，只是平平常常。入席，他们要我与太虚并排上坐，我终于推掉，将一个哲学教员供上完事。太虚倒并不专讲佛事，常论世俗事情，而作陪之教员们，偏好问他佛法，真是其愚不可及，此所以只配作陪也欤。其时又有乡下女人来看，结果是跪下大磕其头，得意之状可掬而去。

这样，总算白吃了一餐素斋。这里的酒席，是先上甜菜，中间咸菜，末后又上一碗甜菜，这就完了，并无饭及稀饭。我吃了几回，都是如此，听说这是厦门特别习惯，福州即不然。

散后，一个教员和我谈起，知道那些北京同来的小鬼之排斥我，

---

1 罗庸（1900-1950）：蒙古族，原籍江苏江都，生于北京。1932年起任北京大学讲师。曾为太虚和尚整理过一些讲经录。

渐渐显著了，因为从他们的口气里，他已经听得出来，而且他们似乎还同他去联络（他也是江苏人，去年到此，我是前年在陕西认识的）。他于是叹息，说：玉堂敌人颇多，对于国学院不敢下手者，只因为兼士和我两人在此；兼士去而我在，尚可支持，倘我亦走，则敌人即无所顾忌，玉堂的国学院就要开始动摇了。玉堂一失败，他们也站不住了。而他们一面排斥我，一面又个个接家眷，准备作长久之计，真是胡〔糊〕涂云云。我看这是确的，这学校，就如一坐〔座〕梁山泊，你枪我剑，好看煞人。北京的学界在都市中挤轧，这里是在小岛上挤轧，地点虽异，挤轧则同。但国学院中的排挤现象，反对者还未知道（他们以为小鬼们是兼士和我的小卒，我们是给他们来打地盘的），将来一知道，就要乐不可支。我于这里毫无留恋，吃苦的还是玉堂，玉堂一失势，他们也就完，现在还欣欣然自以为得计，真是愚得可怜。我和玉堂交情，还不到可以向他说明这些事情的程度，即便说了，他是否相信，也难说的。我所以只好一声不响，做我的事，他们想攻倒我，一时也很难，我在这里到年底或明年，看我自己的高兴。至于玉堂，大概是爱莫能助的了。

二十一日灯下

十九的信和文稿，都收到了。文是可以用的，据我看来。但其中的句法有不妥处，这是小姐的老毛病，其病根在于粗心，写完之后，大约自己也未必再看一遍。过一两天，改正了寄去罢。

兼士拟于廿七日动身向沪，不赴粤；伏园却已走了，问陈惺农一定可以知道他住在那〔哪〕里。但我以为你殊不必为他出力，他总善于给别人一点长远的小麻烦。我不是雇了一个工人么？他却给这工人的朋友绍介，去包"陈原〔源〕之徒"的饭，我叫他不要多事，也不听。现在是陈源之徒对我骂饭菜坏，工人是因为帮他朋友，我的事不大来做了。我总算出了十二块钱给他们雇了一个厨子的帮工，还要听费〔废〕话。今天听说他们要不包了，真是感激之至。

季黻的事，除嘱那该死的伏园面达外，昨天又和兼士合写了一封信给孟余他们，可做的事已做，且听下回分解罢。孟余的"后转"，大约颇确而实不然，兼士告诉我，孟余的肺病，近来颇重，人一有这种病，便容易灰心，颓唐，那状态也近于后转；但倘若重起来，则党中损失也不少，我们实在担心，最要的是要休息保养，但大概未必做得到罢。至于我的别处的位置，可从缓议，因为我在此虽无久留之心，但现在也还没有决去之必要，所以倒非常从容。既无"患得患失"的念头，心情也自然安闲，决非欲"骗人安心，所以这样说"的，切祈明鉴为幸。

理科诸公之攻击国学院，这几天已经开始了，因国学院屋未造，借用生物学院屋，所以他们第一着是讨还房屋。此事和我辈毫不相关，就含笑而旁观之，看一堆泥人儿搬在露天之下，风吹雨打，倒也有趣。此校大概很和南开相像，而有些教授，则惟校长之喜怒是伺，妒别科之出风头，中伤挑眼，无所不至，妾妇之道也。我以北京为污浊，乃至厦门，现在想来，可谓妄想，大沟不干净，小沟就干净么？此胜于彼者，惟不欠薪水而已。然而"校主"一怒，亦立刻可以关门也。

我所住的这么一坐〔座〕大洋楼上，到夜，就只住着三个人，一张颐教授（上半年在北大，似亦民党，人很好），一伏园，一即我。张因不便，住到他朋友那里去了，伏园又已走，所以现在就只有我一人。但我却可以静坐着默念HM，所以精神上并不感到寂寞。

年假之期又已近来，于是就比先前沉静了。我自己计算，到此刚五十天，而恰如过了半年。但这不只我，兼士们也这样说，则生活之单调可知。

我新近想到了一句话，可以形容这学校的，是"硬将一排洋房，摆在荒岛的海边上"。然而虽然是这样的地方，人物却各式俱有，正如一点水，用显微镜看，也是一个大世界。其中有一班"妾妇"们，上面已说过了，还有希望得爱，以九元一盒的糖果送人的老外国教授；有和著名的美人结婚，三月复离的青年教授；有以异性为玩艺儿，每年一定和一个人往来，先引之而终拒之的密斯先生；有打听糖果所在，群往吃之的好事之徒……世事大概差不多，地的繁华和荒僻，人的多少，都没有多大关系。

浙江独立，是确的了，今天听说陈仪的兵力已与卢香亭开仗，那么，陈在徐州也独立了，但究竟确否，却不能知。闽边的消息倒少听见，似乎周荫人[1]是必倒的，而民军已到漳州。

长虹和韦素园[2]又闹起来了，在上海出版的《狂飙》上大骂，又登了一封给我的信，要我说几句话。他们真是吃得闲空，然而我却不愿意陪着玩了，先前也陪得够苦了，所以拟置之不理。（闹的原因是因为《莽原》上不登培良的一篇剧本。）我的生命，实在为少爷们耗去了好几年，现在躲在岛上了，他们还不放。但此地的几个学生，已组织了一种出版物，叫作"波艇"，要我看稿，已经看了一期，自然是幼稚，但为鼓动空气计，所以仍然怂恿他们出版。逃来逃去，

---

1 周荫人（1887-1956）：河北武强人，时任福建省军务督办。
2 韦素园（1902-1932）：安徽霍邱人，未名社成员。诗人，翻译家，译著有俄国果戈理小说《外套》、俄国短篇小说集《最后的光芒》等。

还是这样。

此地天气凉起来了，可穿夹衣。明天是星期〔天〕，夜间大约要看影戏，是林肯一生的故事。大家集资招来的，共六十元，我出了一元，可坐特别座。林肯之类的事，我是不大要看的，但在这里，能有好的影片看么？大家所知道而以为好看的，至多也不过是林肯的一生之类罢了。

这信将于明天寄出，开学以后，邮政代办所也办公半天了。

H.M. 十月二十三日灯下

广平兄：

　　廿三日得十九日信及文稿后，廿四日即发一信，想已到。廿二日寄来的信，昨天收到了。闽粤间往来的船，当有许多艘，而邮递信件的船，似乎专为一个公司所包办，惟它的船才带信，所以一星期只有两回，上海也如此，我疑心这公司是太古[1]。

　　我不得许可，不见得用对付三先生之法[2]，请放心。但据我想，自己是恐怕未必开口，真是无法可想。这样食少事繁的生活，怎么持久？但既然决心做一学期，又有人来帮忙，做做也好，不过万不要拚〔拼〕命。人自然要办"公"，然而总须大家都办，倘人们偷懒，而只有几个人拚〔拼〕命，未免太不"公"了，就该适可而止，可以省下的路少走几趟，可以不管的事少做几件，这并非昧了良心，自己也是国民之一，应该爱惜的，谁也没有要求独独几个人应该做得劳苦而死的权利。

　　我这几年来，常想给别人出一点力，所以在北京时，拚〔拼〕命地做，不吃饭，不睡觉，吃了药校对，作文。谁料结出来的，都是苦果子。一群人将我做广告自利，不必说了；便是小小的《莽

---

1 即英商在中国经营的太古兴记轮船公司，成立于1970年代。
2 对付三先生之法：指鲁迅不等对方开口求助，主动资助三弟周建人。

原》，我一走也就闹架。长虹因为他们压下（压下而已）了投稿，和我理论，而他们则时时来信，说没有稿子，催我作文。我才知道牺牲一部分给人，是不够的，总非将你磨消完结，不肯放手。我实在有些愤怒了，我想至二十四期止，便将《莽原》停刊，没有了刊物，看他们再争夺什么。

我早已有点想到，亲戚本家，这回要认识你了，不但认识，还要要求帮忙，帮忙之后，还要大不满足，而且怨愤，因为他们以为你收入甚多，即使竭力地帮了，也等于不帮。将来如果偶需他们帮助时，便都退开，因为他们没有得过你的帮助，或者还要下石，这是对于先前吝啬的罚。这种情形，我都曾一一尝过了，现在你似乎也正在开始尝着这况味。这很使人苦恼，不平，但尝尝也好，因为更可以知道所谓亲戚本家是怎么一回事，知道世事就更真切了。倘永是在同一境遇，不忽而穷忽而有点收入，看世事就不能有这么多变化。但这状态是永续不得的，经验若干时之后，便须斩钉截铁地将他们撇开，否则，即使将自己全部牺牲了，他们也仍不满足，而且仍不能得救。

以上是午饭前写的，现在是四点钟，已经上了两堂课，今天没有事了。兼士昨天已走，早上来别，乃云玉堂可怜，如果可以敷衍，就维持维持他。至于他自己呢，大概是不再来，至多，不过再来转一转而已。伏园已有信来，云船上大吐，（他上船之前吃了酒，活该！）现寓长堤广泰来客店，大概我信到时，他也许已走了。浙江独立已失败，前回所闻陈仪反孙的话，可见也是假的。外面报上，说得甚热闹，但我看见浙江本地报，却很吞吐其词，似乎独立之初，本就灰色似的，并不如外间所传的轰轰烈烈。福建事也难明真相，有一种报上说周荫人已为乡团所杀，我想也未必真。

这里可穿夹衣,晚上或者可加棉坎肩,但近几天又无需了,今天下雨,也并不凉。我自从雇了一个工人之后,比较的便当得多。至于工作,其实也并不多,闲工夫尽有,但我总不做什么事,拿本无聊的书,玩玩的时候多,倘连编三四点钟讲义,便觉影响于睡眠,不易睡着,所以我讲义也编得很慢,而且少爷们来催我做文章时,大抵置之不理,做事没有上半年那么急进了,这似乎是退步,但从别一面看,倒是进步也难说。

楼下的后面有一片花圃,用有刺的铁丝拦着,我因为要看它有怎样的拦阻力,前几天跳了一回试试。跳出了,但那刺果然有效,刺了我两个小伤,一股上,一膝旁,不过并不深,至多不过一分。这是下午的事,晚上就全〔痊〕愈了,一点没有什么。恐怕这事将受训斥;然而这是因为知道没有危险,所以试试的。倘觉可虑,就很谨慎。这里颇多小蛇,常见打死着,腮部大抵不膨大,大概是没有什么毒的。但到天暗,我已不到草地上走,连晚上小解也不下楼去了,就用磁的唾壶装着,看没有人时,即从窗口泼下去。这虽然近于无赖,然而他们的设备如此不完全,我也只得如此。

玉堂病已好了。黄坚已往北京去接家眷,他大概决计要〔在〕这里安身立命。我身体是好的,不吸〔喝〕酒,胃口亦佳,心绪比先前较安帖。

迅 十月二十八日

广平兄：

前日（廿七）得廿二日的来信后，写一回信，今天上午自己拿到邮局去，刚投入邮箱，局员便将二十二日发的快信交给我了。这两封信是同船来的，论理本应该先收到快信，但说起来实在可笑，这里的情形是异乎寻常的。平常信件，一到就放在玻璃箱内，我们倒早看见；至于挂号的呢，却秘而不宣，一个局员躲在房里，一封一封上账，又写通知单，叫人带印章去取。这通知单也并不送来，仍旧供在玻璃箱内，等你自己走过看见。快信也同样办理，所以凡挂号信和"快"信，一定比普通信收到得迟。

我暂不赴粤的情形，记得又在二十一日的信里说过了；现在伏园已有信来，并未有非我即去不可之意，既然开学在明年三月，则年底去也还不迟。我自然也有非即去不可之心，虽然并不全为公事。但事实的牵扯实在也太利害，就是，走开三礼拜后，所任的事搁下太多，倘此后一一补做，则工作太重，倘不补，就有沾〔占〕了便宜的嫌疑。假如长在这里，自然可以慢慢地补做，不成问题，但我又并不作长久之计，而况还有玉堂的苦处呢。

至于我下半年那〔哪〕里去，那是不成问题的。上海，北京，我都不去，倘无别处可去，就仍在这里混半年。现在的去留，专在我自己，外界的鬼祟，一时还攻我不倒。我很想吃杨桃，其所以熬着者，为己，只有一个经济问题，为人，就只怕我一走，玉堂要立刻被攻击，所以有些彷徨。人就能为这样的小问题所牵制，实在可叹。

才发信，没有什么事了，再谈罢。

迅　十，二九　夜

"林"兄[1]：

十月廿七日的信，今天收到了；十九，二十二，二十三的信，也都收到。我于廿四，廿九，卅日均发信，想已到。至于刊物，则查载在日记上的，是廿一，廿四各一回，什么东西，已经忘记，只记得有一回内中有《域外小说集》。至于十，六的刊物，则日记上不载，不知道是否失载，还是其实是廿一所发，而我将月日写错了。只要看你是否收到廿一寄的一包，就知道，倘没有，那是我写错的了；但我仿佛又记得六日的是别一包，似乎并不是包，而是三本书对叠，像普通寄期刊那样的。

伏园已有信来，据说季黻的事很有希望，学校的别的事情却没有提。他大约不久当可回校，我可以知道一点情形，如果中大很想我去，我到后于学校有益，那我便于开学之前到那边去。此处别的都不成问题，只在对不对得住玉堂，但玉堂也太胡〔糊〕涂——不知道还是老实——无药可救。昨天谈天，有几句话很可笑。我之讨厌黄坚，有二事，一，因为他在食饭时给我不舒服；二，因为他令

---

1 "林"兄：指许广平曾以"平林"为笔名发表《同行者》一文，歌颂鲁迅"以热烈的爱、伟大的工作给人类以光和力"，并表示她将不畏惧"人世间的冷漠、压迫"，与鲁迅携手同行，"一心一意地向着爱的方向奔驰"。

我一个人挂拓本，不许人帮忙。而昨天玉堂给他辨〔辩〕解，却道他"人很爽直"，那么，我本应该吃饭受气，独自陈列，他做的并不错，给我帮忙和对我客气的，倒都是"邪曲"的了。黄坚是玉堂的"襄理"，他的言动，是玉堂应该负责的，而玉堂似乎尚不悟。现黄坚已同兼士赴京，去接家眷去了，已大有永久之计，大约当与国学院同其始终罢。

顾颉刚在此专门荐人，图书馆有一缺，又在计画〔划〕荐人了，是胡适之的书记。但昨听玉堂口气，对于这一层却似乎有些觉悟，恐怕他不能达目的了。至于学校方面，则这几天正在大敷衍马寅初；昨天浙江学生欢迎他，硬要拖我同去照相，我严辞拒绝，他们颇以为怪。呜呼，我非不知银行之可以发财，其如"道不同不相为谋"何。明天是校长赐宴，陪客又有我，他们处心积虑，一定要我去和银行家扳〔攀〕谈，苦哉苦哉！但我在知单上只〔写〕了一个"知"字，不去可知矣。

据伏园信说，副刊[1]十二月开手，那么他到厦之后，两三礼拜便又须去了，也很好。

十一月一日午后

但我对于此后的方针，实在很有些徘徊不决，就是：做文章呢，还是教书？因为这两件事，是势不两立的。作文要热情，教书要冷静。兼做两样时，倘不认真，便两面都油滑浅薄，倘都认真，则一时使热血沸腾，一时使心平气和，精神便不胜困惫，结果也还是两

---

1 指汉口《中央日报》副刊。

面不讨好。看外国，做教授的文学家，是从来很少有的。我自己想，我如写点东西，大概于中国怕不无小好处，不写也可惜；但如果使我研究一种关于中国文学的事，一定也可以说出别人没有见到的话来，所以放下也似乎可惜。但我想，或者还不如做些有益于目前的文章，至于研究，则于余暇时做，不过如应酬一多，可又不行了。

研究系应该痛击，但我想，我大约只能乱骂一通，因为我太不冷静，他们的东西一看就生气，所以看不完，结果就只好乱打一通了。季黻是很细密的，可惜他文章不辣。办了副刊鼓吹起来，或者会有新手出现。

你的一篇文章，删改了一点寄出去了。建人近来似乎很忙，写给我的信都只草草的一点，我疑心他的朋友又到上海了，所以他至于无心写信。

此地这几天很冷，可穿夹袍，晚上还可以加棉背心。我是好的，胃口照常，但菜还是不能吃，这在这里是无法可想的。讲义已经一共做了五篇，从明天起想做季刊的文章了，我想在离开此地之前，给做一篇季刊的文章，给在学术讲演会讲演一次，其实是没有什么人听的。

迅　十一月一日灯下

舞女（一）/ 鲁迅藏外国明信片

广平兄：

　　昨天刚发一信，现在也没有什么话要说，不过有一些小闲事，可以随便谈谈。我又在玩，——我这几天不大用功，玩着的时候多——所以就随便写它下来。

　　今天接到一篇来稿，是上海大学的曹轶欧（女生）寄的，其中讲起我在北京穿着洋布大衫在街上走，看不出是有名的文学家的事。下面注道："这是我的朋友P京的HM女校生亲口对我说的。"P自然是北京，但那校名却奇怪，我总想不出是那〔哪〕一个学校来，莫非就是女师大，和我们所用的是同一意义么？

　　今天又知道一件事，一个留学生在东京自称我的代表去见盐谷温[1]氏，向他要他所印的书，自然说是我要的，但书尚未钉成，没有拿去。他怕事情弄穿，事后才写信到我这里来认错。你看他们的行为是多么荒唐，无论什么都要利用，可怕极了。

　　今天又知道一件事。先前顾颉刚要荐一个人到国学院（是给胡适抄写的，冒充清华校研究生），但没有成。现在这人终于来了，住在南普陀寺。为什么住到那里去的呢？因为伏园在那寺里的佛学院

<hr>

1 盐谷温（1878-1962）：日本著名的汉学家。他出生于学术世家，祖上三代都是汉学家，他本人28岁即成为东京大学教授。

有几点钟功课（*每月五十元*），现在请人代着，他们就想挖取这地方。从昨天起，顾颉刚已在大施宣传手段，说伏园假期已满（*实则未满*）而不来，乃是在那边已经就职，不来的了。今天又另派探子，到我这里来探听伏园消息，我不禁好笑，答得极其神出鬼没，似乎不来，似乎并非不来，而且立刻要来，于是乎终于莫名其妙而去。你看研究系下的小卒就这么阴险，无孔不入，真是可怕可恨。不过我想这实在难对付，譬如要我对付，就必须将别的事情放下，另用一番心机，本业抛荒，所做的事就浮浅了。研究系学者之浅薄，就因为分心于此等下流事情之故也。

迅   十一月三日大风之夜

十月卅日的信，今天收到了。马又要发脾气，我也无可奈何。事情也只得这样办，索性解决一下，较之天天对付，劳而无功自然好得多。叫我看戏目，我就看戏目；在这里也只能看戏目；不过总希望不要太做得力尽筋疲，一时养不转。

今天有从中大寄给伏园的信到来，那么，他早动身了，但尚未到，也许到汕头，福州游观去了罢。他走后给我两封信，关于我的事，一字不提。今天看见中大的考试委员名单，文科中人多得很，他也在内，郭，郁[1]也在，大约正不必再需别人，我似乎也不必太放在心上了。

---

1 指郭沫若（1892—1978），四川乐山人。毕业于日本九州帝国大学，现代文学家、历史学家、新诗奠基人之一。

郁达夫（1896—1945）：原名郁文，字达夫，浙江富阳人。中国现代著名小说家、散文家、诗人。时任中山大学英国文学系主任兼教授。

关于我所用的听差的事，说起来话长了。初来时确是好的，现在也许还不坏。但自从伏园要他的朋友给大家包饭之后，他就忙得很，不大见面。后来他的朋友因为有几个人不大肯付钱（这是据听差说的），一怒而去，几个人就算了，而还有几个人要他续办，此事由伏园开端，我也无法禁止，也无从一一去接洽，劝他们另寻别人。现在这听差是忙，钱不够，我的饭钱和他的工钱都已豫〔预〕支一月以上，又伏园临走宣言：他不在时仍付饭钱。然而是一句话，现在这一笔账也在向我索取。我本来不善于管这些琐事，所以常常弄得头昏眼花。这些代付和豫〔预〕支的款，将来如能取回，则无须说，否则，在十月一月之内，我就是每日早上得一盆脸水，吃两顿饭，共需大洋约五十元。这样贵的听差，那〔哪〕里用得下去呢。解铃还仗系铃人，所以这回伏园回来，我仍要他将事情弄清楚，否则，我大概只能不再雇人了。

明天是季刊[1]交稿的日期，所以昨夜我写信一张后，即动手做文章，别的东西不想动手研究了，便将先前弄过的东西东抄西撮，到半夜，今天一上半天，做好了，有四千字，并不吃力，从此就豫〔预〕备玩几天；默念着一个某君，尤其是独坐在电灯下，窗外大风呼呼的时候。这里已可穿棉坎肩，似乎比广州冷。我先前同兼士往市上，见他买鱼肝油，便趁热闹也买了一瓶。近来散拿吐瑾吃完了，就试用鱼肝油，这几天胃口仿佛渐渐好起来似的，我想再试几天看，将来或者就吃鱼肝油（麦精的，即"帕勒塔"）也说不定。

迅　十一月四日灯下

---

1 指《厦大国学季刊》。

广平兄：

昨上午寄出一信，想已到。下午伏园就回来了，关于学校的事，他不说什么，问了的结果，所知道的是（1）学校想我去教书，但并无聘书；（2）季黻的事尚无结果，最后的答复是"总有法子想"；（3）他自己除编副刊外，也是教授，已有聘书；（4）学校又另电请几个人，内有顾颉刚。顾之反对民党，早已显然，而广州则电邀之，对于热心办事如季黻者，说了许多回，则懒懒地不大注意，似乎当局者看人一端，很不了然，实属无法。所以我的行止，当看以后的情形再定，但总当于阴历年假去走一回，这里阳历只放几天，阴历却有三礼拜。

李遇安前有信来，说访友不遇，要我给他设法介绍，我即给了一封绍介于陈惺农的信，从此无消息。这回伏园说遇诸途，他早在中大做职员了，也并不去见惺农，这些事真不知是怎么的，我如在做梦。他带一封信来，并不提起何以不去见陈，但说我如往广州，创造社的人们很喜欢，似乎又与那社的人在一处，真是莫名其妙。

伏园带了杨桃回来，昨晚吃过了。我以为味并不十分好，而汁多可取，最好是那香气，出于各种水果之上。又有"桂花蝉"和"龙虱"，样子实在好看，但没有一个人敢吃；厦门有这两种东西，但不吃。你吃过么？什么味道？

以上是午前写的，写到那地方，须往外面的小饭店去吃饭。因为我的听差不包饭了，说是本校的厨房要打他（**这是他的话，确否 殊不可知**），我们这里虽吃一点饭也就如此麻烦。在店里遇见容肇祖 （**东莞人，本校讲师**）和他的满口广东话的太太。对于桂花蝉之类， 他们俩的主张就不同，容说好吃的，他的太太说不好吃的。

六日灯下

从昨天起，吃饭又发生问题了，须上小馆子或买面包来，这种 问题都得自己时时操心，所以也不大静得下。我本可以于年底将此 地决然舍去，但所迟疑的怕广州比这里还烦劳，认识我的少爷们也 多，不几天就忙得如在北京一样。

中大的薪水比厦大少，这我倒并不在意。所虑的是功课多，听 说每周最多可至十二小时，而作〔做〕文章一定也万不能免，即如 伏园所办的副刊，我一定也就是被用的器具之一，倘再加别的事情， 我就又须吃药做文章了。前回因莽原社来信说无人投稿，我写信叫 停刊，现在回信说不停，因为投稿又有了好几篇。我为了别人，牺 牲已不可谓不少，现在从许多事情观察起来，只觉得他们对于我凡 可以使役时便竭力使役，可以诘责时便竭力诘责，将来可以攻击时 便自然竭力攻击，因此我于进退去就，颇有戒心，这或者也是颓唐 之一端，但我觉得也是环境造成的。

其实我也还有一点野心，也想到广州后，对于研究系加以打击， 至多无非我不能到北京去，并不在意；第二是同创造社连〔联〕络， 造一条战线，更向旧社会进攻，我再勉力做一点文章，也不在意。 但不知怎的，看见伏园回来吞吞吐吐之后，就很心灰意懒了。但这 也不过是这一两天如此，究竟如何，还当看后来的情形。

117

今天大风，为一点吃饭的小事情而奔忙；又是礼拜〔天〕，陪了半天客，无聊得头昏眼花了，所以心绪不大好，发了一通牢骚。望勿以为虑，静一静又会好的。

迅　十一月七日灯下

明天想寄给你一包书，没有什么好的，自己如不要，可以分给别人。

昨天信上发了一通牢骚后，又给《语丝》做了一点《厦门通信》，牢骚已经发完，舒服得多了。今天已经说好一个厨子包饭，每月十元，饭菜还可以吃，大概又可以敷衍半月一月罢。

昨夜玉堂来打听广东情形，我们因劝其将此处放弃，明春同赴广州，他想了一会说，我来时提出的条件，学校一一允许，怎能忽而不干呢？他大约决不离开这里的了，所以我看他对于国学院现状，似乎颇满足，既无决然舍去之心，亦无彻底改造之意，不过小小补苴¹，混下去而已。他之不能活动，而必须在此，似与太太很有关系，太太之父在鼓浪屿，其兄在此为校医，玉堂之来，闻系彼力荐，今玉堂之二兄一弟，亦俱在校，大有生根之概，自然不能动弹了。

浙江独立早已灰色，夏超确已死了，是为自己的兵所杀的，浙江的警备队，全不中用。今天看报，知九江已克，周凤岐（**浙兵师长**）降，也已见于路透电，定是确的，则孙传芳仍当声势日蹙耳，我想浙江或当还有点变化。

H.M.　十一月八日午后

---

1 补苴（jū）：指补缀，缝补。引申为弥补缺陷。

广平兄：

　　昨天上午寄出一包书并一封信，下午即得五日的来信。我想如果再等信来而后写，恐怕要隔许多天了。所以索性再写几句，明天付邮，任它和前信相接，或一同寄到罢。

　　校事也只能这么办。但不知近来如何？但如忙则无须详叙，因为我对于此事并不怎样放在心里，因为这一回的战斗，情形已和对杨荫榆不同也。

　　伏园已到厦，大约十二月中再去。遇安只托他带给我函函胡胡〔含含糊糊〕的一封信，但我已研究出，他前信说无人认识是假的。《语丝》第百一期上徐祖正做的《送南行的爱而君》的 L 就是他，给他好几封信，介绍给熟人（＝创造社中人），所以他和创造社人在一处了，突然遇见伏园，乃是意外之事，因此对我便只好吞吞吐吐。"老实"与否，可研究之。我又已探明他现在的地位，是中大委员会的速记员，和委员们很接近的，并闻，以备参考。

　　忽而写信来骂，忽而自行取消的黎锦明也和他在一处，我这几天忽而对于到广州教书的事，很有些踌躇了，觉得情形将和在北京时相同，厦门当然难以久留，此外也无处可去，实在有些焦躁。我其实还敢于站在前线上，但发见〔现〕称为"同道"的暗中将我作傀儡或背后枪击我，却比被敌人所伤更其悲哀。长虹和素园的闹架还没有完，长虹迁怒于《未名丛刊》，连厨川白村的书也忽然不过是"灰色的勇气"了。听说小峰[1]也并不能将约定的钱照数给家里，但家用却并没有不足。我的生命，被他们乘机另〔零〕碎取去的，我觉得已经很不少，此后颇想不蹈这覆辙了。

突又发起牢骚来，这回的牢骚似乎日子发得长一点，已经有两三天，但我想明后天就要平复了，不要紧的。

这里还是照先前一样，并没有什么；只听说漳州是民军就要入城了。克复九江，则甚〔其〕事当甚确。昨天又听到一消息，说陈仪入浙后，也独立了，这使我很高兴，但今天无续得之消息，必须再过几天，才能知道真假。

中国学生学什么意大利，以趋奉北政府，还说什么"树的党[2]"，可笑可恨。别的人就不能用更粗的棍子对打么？伏园回来说广州学生情形，似乎和北京的大差其远，这很出我意外。

迅　十一月九日灯下

---

1 即李小峰（1897-1971），江苏江阴人。曾参加新潮社与语丝社，当时是上海北新书局负责人。鲁迅生前大部分著作均由李小峰出版。
2 树的党："树的"，英语stick的意译，指国民党右派"孙文主义学会"操纵的广州学生会组织。

广平兄：

十日寄出一信后，次日即得七日来信，略略一懒，便迟到今天才写回信了。

对于侄子的帮助，你的话是对的。我愤激的话多，有时几乎说："宁我负人，毋人负我。"然而自己也觉得太过，做起事来或者且正与所说的相反。人也不能将别人都作坏人看，能帮也还是帮，不过最好是"量力"，不要拚〔拼〕命就是了。

"急进"问题，我已经不大记得清楚了，这意思，大概是指"管事"而言，上半年还不能不管事者，并非因为有人和我淘气，乃是身在北京，不得不尔，譬如挤在戏台面前，想不看而退出，是不甚容易的。至于不以别人为中心，也很难说，因为一个人的中心并不一定在自己，有时别人倒是他的中心，所以虽说为人，其实也是为己，所以不能"以自己为定夺"的事，往往有之。

我先前为北京的少爷们当差，耗去生命不少，自己是知道的。但到这里，又有一些人办了一种月刊，叫作《波艇》，每月要做些文章。也还是上文所说，不能将别人都作坏人看，能帮还是帮的意思。不过先前利用过我的人，知道现已不能再利用，开始攻击了。长虹在《狂飙》第五期已尽力攻击，自称见过我不下百回，知道得很清楚，并捏造了许多会话（*如说我骂郭沫若之类*）。其意盖在推倒《莽原》，一方面则推广《狂飙》消〔销〕路，其实还是利用，不过方法不同。他们专想利用我，我是知道的，但不料他看出活着他不能吸血了，就要杀了煮吃，有如此恶毒。我现在拟置之不理，看看他技〔伎〕俩发挥到如何。现在看来，山西人究竟是山西人，还是吸血的。

校事不知如何，如少暇，简略地告知几句便好。我已收到中大聘书，月薪二百八，无年限的，大约那计画〔划〕是将以教授治校，所以认为非研究系的，不至于开倒车的，不立年限。但我的行止如何，一时也还不易决定。此地空气恶劣，当然不愿久居，然而到广州也有不合的几点。（一）我对于行政方面，素不留心，治校恐非所长；（二）听说政府将移武昌[1]，则熟人必多离粤，我独以"外江佬"留在校内，大约未必有味；而况（三）我的一个朋友[2]，或者将往汕头，则我虽至广州，与在厦门何异。所以究竟如何，当看情形再定了，好在开学当在明年三月初，很有考量的余地。

我又有种感触，觉得现在的社会，可利用时则竭力利用，可打击时则竭力打击，只要于他有利。我在北京是这么忙，来客不绝，但倘一失脚，这些人便是投井下石的，反面不识还是好人；为我悲哀的大约只有两个，我的母亲和一个朋友。所以我常迟疑于此后所走的路：（1）积几文钱，将来什么都不做，苦苦过活；（2）再不顾自己，为人们做一点事，将来饿肚也不妨，也一任别人唾骂；（3）

1　1926年11月8日，国民政府决定由广州北迁武昌。
2　指许广平。

122

再做一点事（被利用当然有时仍不免），倘同人排斥我了，为生存起见，我便不问什么事都敢做，但不愿失了我的朋友。第三〔二〕条我已实行过两年多了，终于觉得太傻。前一条当托庇于资本家，须熬；末一条则颇险，也无把握（于生活），所以实在难于下一决心，我也就想写信和我的朋友商量，给我一条光。

昨天今天此地都下雨，天气稍凉。我仍然好的，也不怎么忙。

迅　十一月十五日灯下

广平兄：

　　十六日寄出一信，想已到。十二日发的信，今天收到了。校事已见头绪，很好，总算结束了一件事。至于你此后所去的地方，却叫我很难下批评。你脾气喜欢动动，又初出来办事，向各处看看，办几年事，历练历练，本来也很好的，但于自己，却恐怕没有好处，结果变成政客之流。你大概早知道我有两种矛盾思想，一是要给社会上做点事，一是要自己玩玩。所以议论即如此灰色。折衷起来，是为社会上做点事而于自己也无害，但我自己就不能实行，这四五年来，毁损身心不少。我不知道你自己是要在政界呢还是学界。伏园下月中旬当到粤，我想如中大女生指导员之类有无缺额，或者（**由我**）也可以托他问一问，他一定肯出力的。季黻的事，我也要托他办。

　　曹某大约不是少爷们冒充的，因为回信的住址是女生宿舍。中山生日的情形，我以为于他本身是无关的，我的意思是"身后名，不如即时一杯酒"。但于别人有益。即如这里，竟没有这样有生气的盛会，只有和尚自做水陆道场，男男女女上庙拜佛，真令人看得索然气尽。默坐电灯下，还要算我的生趣，何得"打"之，莫非并

"默念"也不准吗？[1] 近来只做了几篇付印的书的序跋，虽多牢骚，却有不少真话。还想做一篇记事，将五年来少爷们利用我，给我吃苦的事，讲一个大略，不过究竟做否，现在还未决定。至于其〔真〕正的用功，却难，这里无须用功，也不是用功的地方。国学院也无非装面子，不要实际。对于指导教员的成绩，常要查问，上星期我气起来，对校长说，我的成绩是辑古小说十本，早已成功，只须整理，学校如如此急急，便可付印，我一面整理就是。于是他们便没有后文了。他们只是空急，并不准备付印。

我先前虽已决定不在此校，但时期是本学期末抑明年夏天，却没有定。现在是至迟至本学期末非走不可了。昨天出了一件可笑可叹的事。下午有恳亲会，我向来不赴这宗会的，而玉堂的哥哥硬拉我去。（玉堂有二兄一弟在校内。这是第二个哥哥，教授兼学生指导员，每开会，他必有极讨人厌的演说。）我不得已，去了。不料会中他又演说，先感谢校长给我们吃点心，次说教员吃得多么好，住得多么舒服，薪水又这么多，应该大发良心，拼命做事。而校长之如此体贴我们，真如父母一样……。我真就要跳起来，但立刻想到他是玉堂的哥哥，我一翻脸，玉堂必大为敌人所笑，我真是"哑子吃苦瓜"，说不出的苦，火焰烧得我满脸发热。照这里的人看起来，出来反抗的该是我了，但我竟不动，而别一个教员起来驳斥他，闹得不欢而散。

还有希〔稀〕奇的事情。教员里面，竟有对于驳斥他的教员，不以为然的。莫非真以儿子自居，我真莫名其妙。至于玉堂的哥哥，

---

1 鲁迅1926年10月4日信中写道："默念着一个某君，尤其是独坐在电灯下，窗外大风呼呼的时候。"

今天开学生周会，他又在演说了，依然如故。他还教"西汉哲学"哩，冤哉西汉哲学，苦哉玉堂。

昨天的教职员恳亲会，是第三次，我却初次到，见是男女分房的，不但分坐。

我才知道在金钱下的人们是这样的，我决定要走了，但为玉堂面子计，决不以这一事作口实，且须于学期之类作一结束。至于到何处，一时难定，总之无论如何，年假中我总要到广州走一遭，即使无啖饭处，厦门也决不居住的了。又我近来忽然对于做教员发生厌恶，于学生也不愿意亲近起来，接见这里的学生时，自己觉得很不热心，不诚恳。

我还要忠告玉堂一回，劝他离开这里，到武昌或广州做事。但看来大大半是无效的，他近来看事情似乎颇胡〔糊〕涂，又牵连的人物太多，非大失败，大概是决不走的。我的计画〔划〕，也不过聊尽同事一场的交情而已。结果一定是他怪我舍他而去，使他为难。

迅　十八，夜

舞女（二）/ 鲁迅藏外国明信片

广平兄：

十九日寄出一信；今天收到十五，六，七日来信了，一同来的。看来广州有事做，所以你这么忙，这里是死气沉沉，也不能改革，学生也太沉静，数年前闹过一次，激烈的都走出，在上海另立大夏大学[1]了。我决计至迟于本学期末（阳底〔历〕正月底）离开这里，到中山大学去。

中大的薪水是二百八十元，可以不搭库券。据朱骝仙对伏园说，另觅兼差，照我现在的收入数也可以想法的，但我却并不计较这一层，实收百余元，大概也已够用，只要不在不死不活的空气里就够了。我想我还不至于完在这样的空气里，到中大后大概也不难择一不很繁杂吃力，而较有益于学校或社会的事。至于厦大，其实是不必请我的，因为我虽颓唐，而他们还比我颓唐得多。

玉堂今天辞职了，因为减缩豫〔预〕算的事。但只辞国学院秘书，未辞文科主任。我已乘间令伏园〔转〕达我的意见，劝他不必烂在这里，他无回话。我还要亲自对他说一回。但我看他的辞职是不会准的，不过有此一事，则我有辞可借，比较容易脱身。

---

1 大夏大学：是由1924年因学潮从厦门大学脱离出来的部分师生在上海发起建立的一所综合性私立大学。

从昨天起，我的心又平静了。一是因为决定赴粤，二是因为决定对长虹们给一打击。你的话并不错的；但我之所以愤慨，却并非因为他们以平常待我，而在他日日吮血，一觉到我不肯给他们吮了，便想一棒打杀，还将肉作罐头卖以获利。这回长虹笑我对章士钊的失败道"于是遂戴其纸糊的'思想界的权威者'之假冠，而入于身心交病之状态矣"。但他八月间在《新女性》登广告，却云"与思想先驱者鲁迅合办《莽原》"，自己加我"假冠"，又因别人所加之"假冠"而骂我，真是不像人样。我之所以苦恼，是因我平生言动，即使青年来杀我，我总不愿意还手，而况是常常见面的人。因为太可恶，昨天竟决定了，虽是什么青年，我也不再留情面，于是作一启事，将他利用我的名字，而对于别人用我名字的事，则加笑骂等情状，揭露出来，比他的长文要刻毒些。且毫不客气，刀锋正对着他们的所谓"狂飙社"，即送登《语丝》，《莽原》，《新女性》，《北新》四种刊物。我已决定不再彷徨，拳来拳对，所以心里也舒服了。

　　其实我大约也终于不见得因为小障碍而不走路，不过因为神经不好，所以容易说愤话。小障碍能绊倒我，我不至于要离开厦门了。但我也极愿意知道还在开垦的路，可惜现在不能知道，非不愿，势不可也。本校附近是不能暂时停留的，市上，则离校有五六里，客栈坏极，有一窗门之屋，便称洋房，中间只有一床一桌一凳，别的什么也没有，倘有人访我，不但安身，连讲话的便利也没有。好在我还不至于怎样天鹅绒，所以无须有"劳民伤财"之举，学期结末〔束〕也快到了。况且我的心也并不"空虚"，有充实我的心者在。

　　你说我受学生的欢迎，足以自慰吗？我对于他们不大敢有希望，我觉得特出者很少，或者竟没有。但我做事是还要做的，希望是在未见面的人们，或者如你所说："不要认真"。所以我的态度其实毫不倒退，一面发牢骚，一面编好《华盖续编》，做完《旧事重提》，编好《争自由的波浪》（董秋芳译小说），《卷葹》，都寄出去了。至于有一个人，我自然足以自慰的，且因此增加我许多勇气，但我有时总还虑他为我而牺牲。并且也不能"推及一二以至无穷"，有这样多的么？我倒不要这样多，有一个就好了。

说起《卷葹》，又想到一件事了。这是淦女士[1]做的，共四篇，皆在《创造》上发表过。这回送来印入《乌合丛书》，是因为创造社印成丛书，自行发卖，所以这边也出版，借我来抵制他们的，凡未在那边发表过者，一篇也不在内。我明知这也是被人利用，但给她编定了。你看，这种皮〔脾〕气，怎么好呢？

我过了明天礼拜，便要静下来，编编讲义，大约至汉末止，作一结束。余闲便玩玩。待明年换了空气，再好好做事。今天来客太多，无工夫可写信，写了这两张，已经夜十二点半了，心也不静。

和这信同时，我还想寄一束杂志，计《新女性》十一月号，《北新》十一，二，《语丝》一百三，四。又九七，八两本，则因为上回所寄是切边的，所以补寄毛边者两本，但你大概是不管这些的，不过我的皮〔脾〕气如此，所以仍寄。

迅 十一月廿日

---

1 淦（gàn）女士：女作家冯沅君（1900—1974）的笔名。

广平兄：

　　二十一日寄一信，想已到。十七日所发之又一简信，二十二日收到了；包裹尚未来，大约包裹及书籍之类，照例比普通信件迟，我想明天大概要到，或者还有信，我等着。我还想从上海买一合〔盒〕较好的印色来，印在我到厦后所得的书上。

　　近日因为校长要减少国学院豫〔预〕算，玉堂颇愤慨，要辞主任，我因进言，劝其离开此地，他极以为然。我亦觉此是脱身之机会。今天和校长开谈话会，乃提出强硬之抗议，且露辞职之意，不料校长竟取消前议了，别人自然大满足，玉堂亦软化，反一转而留我，谓至少维持一年，因为教员中涂〔途〕难请云云。又我将赴中大消息，此地报上亦揭载，大约是从广州报上来的，学生因亦有劝我教满他们一年者。这样看来，年底要脱身恐怕麻烦得很，我的豫〔预〕计，因此似乎也无从说起了。

　　我自然要从速走开此地，但结果如何，殊难预料。我想这大半年中，HM不如不以我之方针为方针，而到于自己相宜的地方去，否则也许做了很牵〔迁〕就，非意所愿的事务，而结果还是不能常见。我的心绪往往起落如波涛，这几天却很平静。我想了半天，得不到结论，但以为，这一学期居然已经去了五分之三，年底已不远，可以到广州看一回，此时即使仍不能脱离厦大，再熬五个月，似乎也还做得到，此后玉堂便不能以聘书为口实，可以自由了。自然，以后如何，我自然也茫无把握。

今天本地报上的消息很好，泉州已得，浙陈仪又独立，商震[1]反戈攻张家口，国民一军将至潼关，此地报纸大概是民党色采〔彩〕，消息或倾于宣传，但我想，至少泉州攻下总是确的。本校学生民党不过三十左右，其中不少是新加入者，昨夜开会，我觉他们都不经训练，不深沉，甚至于连暗暗取得学生会以供我用的事情都不知道，真是奈何奈何。开一回会，徒令当局者注意，那夜反民党的职员却在门外窃听。

二十五日之夜 大风时

写了一张之（刚写了这五个字，就来了一个学生，一直坐到十二点）后，另写了一张应酬信，还不想睡，再写一点罢。伏园下月准走，十二月十五左右，一定可到广州了。他是大学教授兼编辑，位置很高，但大家正要用他，也无怪其然。季黻的事，则至今尚无消息，不知何故，我同兼士曾合发一信，又托伏园面说，又写一信，都无回音，其实季黻的办事能力，比我高得多多。

我想 HM 正要为社会做事，为了我的牢骚而不安，实在不好，想到这里，忽然静下来了，没有什么牢骚。其实我在这里的不方便，仔细想起来，大半在于言语不通，例如前天厨房又不包饭了，我竟无法查问是厨房自己不愿包，还是听差和他冲突，叫我不要他办了。

---

1 商震（1888-1978）：祖籍浙江绍兴，生于河北保定。中华民国陆军二级上将，晋绥军早期将领。

不包则不包亦可。乃同伏园去到一个福州馆，要他包饭，而馆中只有面，问以饭，曰无有，废然而返。今天我托一个福州学生去打听，才知道无饭者，乃适值那时无饭，并非永远无饭也。为之大笑。大约明天起，当在该福州馆包饭了。

仍是二十五日之夜 十二点半

此刻是上午十一时，到邮务代办处去看了一回，没有信；而我这信要寄出了，因为明天大约有从厦赴粤之船，倘不寄，便须待下星期三这一只了。但我疑心此信一寄，明天便要收到来信，那时再写罢。

记得约十天以前，见报载新宁轮由沪赴粤，在汕头被盗劫，纵火。不知道我的信可有被烧在内。我的信是十日之后，有十六，十九，二十一等三封。

此外没有什么事了，下回再谈罢。

迅 十一月二十六日

午后一时经过邮局门口，见有别人的东莞来信，而我无有，那么，今天是没有信的了，就将此发出。

广平兄：

　　二十六日寄出一信，想当已到。次日即得二十三日来信，包裹的通知书，也一并送到了，即刻向邮政代办处取得收据，星期六下午已来不及，星期日不办事，下星期一（廿九日）可以取来，这里的邮政，就是如此费事。星期六这一天（廿七），我同玉堂往集美学校演说，以小汽船来往，还耗去了一整天；夜间会客，又耗去许多工夫，客去正想写信，间壁的礼堂走了电，校役吵嚷，校警吹哨，闹得石破天惊，究竟还是物理学教员有本领，进去关住了总电门，才得无事，只烧焦了几块木头。我虽住在并排的楼上，但因为墙是石造的，知道不会延烧，所以并不搬动，也没有损失，不过因为电灯俱熄，洋烛的光摇摇而昏暗，于是也不能写信了。

　　我一生的失计，即在历来并不为自己生活打算，一切听人安排，因为那时豫〔预〕计是生活不久的。后来豫〔预〕计并不确中，仍须生活下去，于是遂弊病百出，十分无聊。后来思想改变了，而仍是多所顾忌，这些顾忌，大部分自然是为生活，几分也为地位，所谓地位者，就是指我历来的一点小小工作而言，怕因我的行为的剧变而失去力量。但这些瞻前顾后，其实也是很可笑的，这样下去，更将不能动弹。第三法最为直截了当，其次如在北京所说则较为安全，但非经面谈，一时也决不下。总之我以前的办法，已是不妥，在厦大就行不通，所以我也决计不再敷衍了，第一步我一定于年底离开此地，就中大教授职。但我极希望那一个人也在同地，至少也可以时常谈谈，鼓励我再做有益于人的工作。

昨天我向玉堂提出以本学期为止，即须他去的正式要求，并劝他同走。对于我走这一层，略有商量的话，终于他无话可说了，所以前信所说恐怕难于脱身云云，已经不成问题，届时他只能听我自便。他自己呢，大约未必走，他很佩服陈友仁[1]，自云极愿意在他旁边学学。但我看他仍然于厦门颇留恋，再碰几个钉子，则来年夏天可以离开。

此地无甚可为，近来组织了一种期刊，而作者不过寥寥数人，或则受创造社影响，过于颓唐（**比我颓唐得多**），或则太大言无实；又在日报上添了一种文艺周刊，恐怕不见得有什么好结果。大学生都很沉静，本地人文章，则"之乎者也"居多，他们一面请马寅初写字，一面请我做〔作〕序，真是殊属胡〔糊〕涂。有几个因为我和兼士在此而来的，我们一走，大约也要转学到中大去。

离开此地之后，我必须改变我的农奴生活；为社会方面，则我想除教书外，或者仍然继续作文艺运动，或更好的工作，待面谈后再定。我觉得现在 HM 比我有决断得多，我自到此地以后，仿佛全感空虚，不再有什么意见，而且时有莫名其妙的悲哀，曾经作了一篇我的杂文集的

---

1 陈友仁（1875-1944）：祖籍广东兴梅地区。1922年起追随孙中山从事革命活动，时任国民党中央执行委员、国民政府外交部长。

跋[1]，就写着那时的心情。十二月末的《语丝》上可以发表，一看就知道。自己也知道这是须改变的，我现在已决计离开，好在已只有五十天，为学生编编文学史讲义，作一结束（**大约讲至汉末止**），时光也容易度过的了，明年从〔重〕新来过罢。

遇安既知通信的地方，何以又须详询住址，举动颇为离奇，或者是在研究 HM 是否真在羊城，亦未可知。因他们一群中流言甚多，或者会有 HM 在厦门之说也。

校长给三主任的信，我在报上早见过了，现未知如何？能别有较好之地，自以离开为宜，但不知可有这样相宜的处所？

迅　十一月廿八日十二时

---

1 指《写在〈坟〉后面》。

广平兄：

上月二十九日寄一信，想已收到了。廿七日发来的信，今天已到。同时伏园也接陈醒〔惺〕农信，知道政府将移武昌，他和孟余都将出发，报[1]也移去，改名《中央日报》。叫伏园直接往那边去，因为十二月下旬须出版，所以伏园大概不再往广州。广州情状，恐怕比较地要不及先前热闹了。

至于我呢，仍然决计于本学期末离开这里而往广州中大，教半年书看看再说。一则换换空气，二则看看风景，三则……。要活动，明年夏天又可以活动的，倘住得便，多教几时也可以。不过"指导员"一节，无人先为设法了。

你既然不宜于"五光十色"之事，教几点钟书如何呢？要豫〔预〕备足，则钟点可以少一些。办事与教书，在目下都是淘气之事，但我们舍此亦无事可为。我觉得教书与办别事实在不能并行，即使没有风潮，也往往顾此失彼。你不知此后可别有教书之处（国文之类），有则可以教几点钟，不必多，每日匀出三四点钟来看书，也算豫〔预〕备，也算自己玩玩，就好了；暂时也算是一种职业。你大约世故没有我深之故，似乎思想比我明晰些，也较有决断，研

---

1 指广州《民国日报》。

究一种东西，不会困难的，不过那粗心要纠正。还有一种吃亏之处是不能看别国书，我想较为便利是来学日本文，从明年起我想勒令学习，反抗就打手心。

至于中央政府迁移而我到广州，于我倒并没有什么。我并非追踪政府，却是别有追踪。中央政府一移，许多人一同移去，我或者反而可以闲暇些，不至于又大欠文章债，所以无论如何，我还是到中大去的。

包裹已经取来了，背心已穿在小衫外，很暖，我看这样就可以过冬，无需棉袍了。印章很好，没有打破，我想这大概就是称为"金星石"的，并不是玻璃。我已经写信到上海去买印泥，因为盒内的一点油太多，印在书上是不合式〔适〕的。

计算起来，我在此至多也只有两个月了，其间编编讲义，烧烧开水，也容易混过去。何况还有默念，但这默念之度常有加增的倾向，不知其故何也，似乎终于也还是那一个人胜利了。厨子的菜又不能吃，现在是单买饭，伏园自己做一点汤，且吃罐头。伏园十五左右当去，我是什么菜都不会做的，那时只好仍包菜，但好在其时离放学已只四十多天了。

阅报，知女师大失火，焚烧不多，原因是学生自己做菜，烧坏了两个人：杨立侃，廖敏。姓名很生，大约是新生，你知道吗？她们后来都死了。

以上是午后四点钟写的，因琐事放下，后来是吃饭，陪客，现已是夜九点钟了。在钱下呼吸，实在太苦，苦还不妨，受气却难耐。大约中国在最近几十年内，怕未必能够做若干事，即得若干相当的报酬，干干净净。（写到这里，又放下了，因为有人来，我这里是毫无躲避处，有人进来就进来，你看如此住处，岂能用功。）往往须费额外的力，受无谓的气，无论做什么事，都是如此。我想此后只要以工作赚得生活费，不受意外的气，又有点自己玩玩的余暇，就可以算是幸福了。

我现在对于做文章的青年，实在有些失望，我想有希望的青年似乎大抵打仗去了，至于弄弄笔墨的，却还未看见一个真有几分为社会的，他们多是挂新招牌的利己主义者。而他们却以为他们比我新一二十年，我真觉得他们无自知之明，这也就是他们之所以"小"的地方。

上午寄出一束刊物，是《语丝》《北新》各两本，《莽原》一本。《语丝》上有我的一篇文章[1]，不是我前信所说发牢骚的那一篇；那一篇还未登出，大概当在一〇八期。

迅　十二月二日之夜半

---

1 即《坟·题记》。

广平兄：

今天刚发一信，也许这信要一同寄到罢。你或者初看以为又有什么要事了，其实并不，不过是闲谈。前回的信，我半夜放在邮筒中；这里邮筒有两个，一在所内，五点后就进不去了，夜间便只能投入所外的一个。而近日邮政代办所里的伙计是新换的，满脸呆气，我觉得他连所外的一个邮筒也未必记得开，我的信不知送往总局否，所以再写几句，俟明天上午投到所内的一个邮筒里去。

我昨夜的信里是说：伏园也得醒〔惺〕农信，说国民政府要搬了，叫他直接上武昌去，所以他不再往广州。至于我，则无论如何，仍于学期末离开厦门而往中大，因为我倒并不一定要跟随政府，熟人如伏园辈不在一处，或者反而可以清闲些。但你如离开师范，不知在原地可有做事之处，我想还不如教一点国文，钟点以少为妙，可以多豫〔预〕备。大略不过如此。

政府一搬，广东的"外江佬"要减少了，广东被"外江佬"刮了许多未〔天〕，此后也许要向"遗佬"报仇，连累我未曾搜刮的外江佬吃苦，但有害马保镖，所以不妨胆大。《幻洲》上有一篇东西，很称赞广东人，所以我愿意去看看，至少也住到夏季。大约说话是一点不懂，和在此相同，但总不至于连买饭的处所也没有。我还想吃一回蛇，尝一点龙虱。

到我这里来空谈的人太多，即此一端也就不宜久居于此。我到中大后，拟静一静，暂时少与别人往来，或用点功，或玩玩。我现在身体是好的，能吃能睡，但今天我发见〔现〕我的手指有点抖，这是吸烟太多了之故，近来我吸到每天三十支了，我从此要减少。我回忆在北京因节制吸烟之故而令一个人碰钉子的事，心里很难受，觉得脾气实在坏得可以。但不知怎的，我于这一点不知何以自制力竟这么薄弱，总是戒不掉。但愿明年有人管束，得渐渐矫正，并且也甘心被管，不至于再闹脾气的了。

我明年的事，自然是教一点书；但我觉得教书和创作，是不能并立的，郭沫若郁达夫之不大有文章发表，其故盖亦由于此。所以我此后的路还当选择，研究而教书呢，还是仍作游民而创作？倘须兼顾，即两皆没有好成绩。或者研究一两年，将文学史编好，此后教书无须豫〔预〕备，则有余暇，再从事于创作之类也可以。但这也并非紧要问题，不过随便说说。

《阿Q正传》的英译本已经出版了，译得似乎并不坏，但也有一点小错处，你要否？如要，当寄上，因为商务馆有送给我的。

写到这里，还不到五点钟，也没有什么别的事了，就此封入信封，赶今天寄出罢。

迅　十二月三日下午

广平兄：

三日寄出一信，并刊物一束，系《语丝》等五本，想已到。今天得二日来信，可谓快矣。对于廿六日函中的一段议论，我于廿九日即发一函，想当我接到此函时，那边亦已寄到，知道我已决计离开此地，所以我也无须多说了。其实我这半年来并不发生什么"奇异感想"，不过"我不太将人当作牺牲么"这一种思想——这是我一向常常想到的思想——却还有时起来，一起来，便沉闷下去，就是所谓"静下去"，而间或形于词色。但也就悟出并不尽然，故往往立即恢复，二日得中央政府迁移消息后，即连夜发一信（次日又发一信），说明我的意思与廿九日信中所说并无变更，实未曾有愿意害马"终生被播弄于其中而不自拔"之意，当初仅以为在社会上阅历几时，可以得较多之经验而已，并非我将永远静着，以至于冷眼旁观，将害马卖掉，而自以为在孤岛中度寂寞生活，咀嚼着寂寞，即足以自慰自赎也。

但廿六日信中的事，已成过去，也不必多说了，到年底或可当作闲谈的材料。广大的钟点虽然较多，但我想总可以设法教一点担子较轻的功课，以求有休息的余暇。况且抄录材料等等，又可以有忙〔帮〕我的人，所以钟点倒不成问题，每周二十时左右者，大概是纸面文章，未必实做。

你们的学校，真是好像"湿手捏了干面粉"，粘缠极了。虽说"天下兴亡，匹夫有责"，但当局不讲信用，专责"匹夫"，使几个人挑着重担，未免太任意将人做牺牲。我想事到如此，别的都可不管了，以自己为主，觉得耐不住，便即离开；倘因生计关系及别的关系，须敷衍若干时，便如我之在厦大一样，姑且敷衍敷衍，"以德感""以情维系"等等，只好置之度外，一有他处可去，也便即离开，什么都不管它。

伏园须直往武昌去了，不再转广州，前信似已说过。昨（五日）有人从汕头到此地（据云系民党），说陈启修因为泄漏机密，被党部捕治了。我和伏园正惊疑，拟电询，今日得你信，知二日看见他，则以日期算来，此人是造谣言的，但何以要造如此谣言，殊不可解。

前一束刊物不知到否？记得前回也有一次，久不到，而在学校的刊物中找来。三日又寄一束，到否也是问题。此后寄书，殆非挂号不可。《桃色之云》[1]再版已出了，拟寄上一册，但想写上几个字，并用新印，而印泥才向上海去带，大约须十日后才来，那时再寄罢。

迅　十二月六日之夜

---

1 即《桃色的云》，俄国诗人爱罗先珂所作童话剧，1922年5月由鲁迅先生译成中文。

广平兄：

本月六日接到三日来信后，次日（七日）即发一信，想已到。我推想昨今两日当有信来，但没有；明天是星期〔天〕，没有信件到校的了。我想或者是你校事太忙没有发，或者是轮船误了期。

从粤，从沪，到此的信，一星期两回；从此向沪向粤的船，似乎也是一星期两回。但究竟是星期几呢，我终于推算不出，又仿佛并不一定似的。

计算从今天到一月底，只有五十天了，已不满两月，我到此，是已经三个月又一星期了。现在倒没有什么事。我每天能睡八九小时，但是仍然懒；有人说我胖了一点了，也不知搞〔确〕否？恐怕也未必。对于学生，我已经说明了学期末要离开。有几个因我在此而来的，大约也要走。至于厦门学生，无药可医，他们整天读《古文观止》。

伏园就要动身，仍然十五左右；但也许仍从广州，取陆路往武昌。

我想一两日内，当有信来，我的廿九日的信的回信也应该就到了。那时再写罢。

迅　十二月十一日夜

广平兄：

今天早上寄了一封信。现在虽是星期日，邮政代办所也开半天了。我今天也起得早，因为平民学校成立大会要我演说，我说了五分钟，又恭听校长辈之胡说至十一时，溜出会场，再到代办所去一看，果然已有三封信在：两封是七日发的，一封是八日发的。

金星石虽然中国也有，但看印盒的样子，还是日本做的，不过这也没有什么关系。"随便叫它曰玻璃"，则可谓胡〔糊〕涂，玻璃何至于这样脆？若夫"落地必碎"，则凡有印石，大抵如斯，岂独玻璃为然。可惜的是包印章者，当时竟未细心研究，因为注意移到包裹之白包上去了，现在还保存着。对于这，我倒立刻感觉到是用过的。特买印泥，亦非多事，因为非如此，则不舒服也。

此地冷了几天，但夹袍亦已够，大约穿背心而无棉袍，足可过冬了。背心我现穿在小衫外，较之穿在夹袄之外暖得多，或者也许还有别种原因。我之失败，我现在细想，是只能承认的。不过何至于"没出色〔息〕"？天下英雄，不失败者有几人？恐怕人们以为"没出色〔息〕"者，在他自己正以为大有"出色〔息〕"，失败即胜利，胜利即失败，总而言之，就是这样，莫名其妙。置首于一人之足下，甘心什〔十〕倍于戴王冠，久矣夫，已非一日矣……。

近来对于厦大一切，已不过问了，但他们还常要来找我演说，一演说，则与当局者的意见，一定是相反的，此校竟如教会学校或英国人所开的学校；玉堂现在亦深知其不可为，有相当机会，什〔十〕九是可以走的。我手已不抖，前信竟未说明。至于寄给《语丝》的那篇文章，因由未名社转寄，被他们截留了，登在《莽原》第廿三期上。其中倒没有什么未尽之处。当时著作的动机，一是愤慨于自己为生计起见，不能不戴假面；二是感得少爷们于我，见可利用则尽情利用，倘觉不能利用则便想一棒打杀，所以很有些哀怨之言。寄来时当寄上；不过这种心情，现在也已经过去了。我时时觉得自己很渺小；但看少爷们著作，竟没有一个如我，敢自说是戴着假面和承认"党同伐异"的，他们说到底总必以"公平"自居。因此，我又觉得我或者并不渺小；现在故意要轻视我和骂倒我的人们的眼前，终于黑的妖魔似的站着 L.S. 两个字，大概就是为此。

我离厦门后，恐怕有几个学生要随我转学，还有一个助教也想同我走，因为我的金石的研究于他有帮助。我在这里常有学生来谈天，弄得自己的事无暇做；倘这样下去，是不行的。我将来拟在校中取得一间屋，算是住室，作为豫〔预〕备功课及会客之用，而实不住。另在外面觅一相当地方，作为创作及休息之用，庶几不至于起居无节，饮食不时，再蹈在北京时之覆辙。但这可待到粤时再说，无须"未雨绸缪"。总之：我的意见，是想少陪无聊之访问之客而已。倘在学校，大家可以直冲而入，殊不便也。

现在我们的饭是可笑极了，外面仍无好的包饭处，所以还是从本校厨房买饭，每人每月三元半，伏园做菜，辅以罐头。而厨房屡次宣言：不买菜，他要连饭也不卖了。那么，我们为买饭计，必须月出十元，一并买他不能吃之菜。现在还敷衍着，伏园走后，我想索性一并买菜，以免麻烦，好在他们也只能讹去我十余元了。听差则欠我二十元，其中二元，是他兄弟急病时借去的，我以为他可怜，说这二元不要他还了，算是欠我十八元；他便第二日又来借二元，仍是二十元。伏园订洋装书，每本要他一元。厦门人对于"外江佬"，似乎颇欺侮。

以中国人的脾气而论，倒后的著作，是没有人看的，他们见可利用则尽量利用，遇可骂则尽量地骂，虽一向怎样常常往来，也即刻翻脸不识，看和我往还的少爷们的举动，便可推知。只要作品好，大概十年或数十年后，便又有人看了，但这大抵只是书坊老板得益，至于作者，也许早被逼死了，不再有什么相干。遇到这样的时候，我以为走外国也行；为争存计，无所不为也行，倒行逆施也行；但我还没有细想过，好在并不急迫，可以慢慢从长讨论。

"能食能睡"，是的确的，现在还如此，每天可以睡至八九小时，然而人还是懒，这大约是气候之故。我想厦门的气候，水土，似乎于居人都不宜，我所见的人们，胖子很少，十之九都黄瘦，女性也很少美丽活泼的，加以街道污秽，空地上就都是坟，所以人寿保险的价格，居厦门者比别处贵。我想国学院倒大可以缓办，不如作卫生运动，一面将水，土壤，都分析分析，讲个改善之方。

此刻已经夜一时了，本来还可以投到所外的箱子里去，但既有命令，就待至明晨罢，真是可惧。

迅　十二月十二日

广平兄：

　　昨（十三日）寄一信，今天则寄出期刊一束，怕失少，所以挂号，非因特别宝贵也。内计《莽原》一本；《新女性》一本，有大作在内；《北新》两本，其十四号或前已寄过，亦未可知，记不清楚了，如重出，则可不要其一；又《语丝》两期，我之发牢骚文，即登在内，盖先被未名社截留，到底又被小峰夺过去了，所以终于还在《语丝》上。

　　慨自二十三日之信发出之后，几乎大不得了，伟大之钉子，迎面碰来，幸而上帝保佑，早有廿九日之信发出，声明前此一函，实属大逆不道，合该取消，于是始蒙褒为"傻子"，赐以"命令"，作善者降之百祥，幸何如之。现在对于校事，一切不问，但编讲义，拟至汉末为止，作一结束；授课已只有五星期，此后便是考试了。但离开此地，恐当在二月初，因为一月薪水，是要等着拿走的。

　　朱家骅又有信来，催我速去，且云教员薪水，当设法加增。但我还是只能于二月初出发。至于伏园，却于二十左右要走了，大约先至粤，再从陆路入武汉。今晚语堂饯行，亦颇有活动之意，而其太太则不大谓然，以为带着两个孩子，常常搬家，如何是好。其实站在她的地位上来观察，的确也困苦的，旅行式的家庭，大抵的女性确乎也大都过不惯。但语堂则颇激烈，后事如何，只得"且听下

148

回分解”了。

狂飙社中人，一面骂我，一面又要用我了。培良要我寻地方，尚钺[1]要将小说印入《乌合丛书》。我想，我先前种种不客气，大抵施之于同辈及地位相同者，至于对少爷们，则照例退让，或者自甘牺牲一点。不料他们竟以为可欺，或纠缠，或责骂，反弄得不可开交。现在是方针要改变了，都置之不理。我常叹中国无“好事之徒”，所以什么也没有人管，现在看来，做好事之徒实在不容易，我略管闲事，便弄得这么麻烦。现在我将门关上，且看他们另向何处寻这类的牺牲。

《妇女之友》第五期上，有沄沁[2]给你的一封公开信，见了没有？内中也没有什么，不过是对于女师大再被毁坏的牢骚。我看《世界日报》，似乎程干云还在那里[3]；罗静轩[4]却只得滚出了，报上有一封她的公开信，说卖文也可以过活。我想：怕很难罢。

今天白天有雾，器具都有点潮湿；蚊子很多，过于夏天，真是奇怪。叮得可以，要躲进帐子里去了。下次再写。

十四日灯下

天气今气〔天〕仍热，但大风，蚊子却忽而很少了，真不知是怎么一回事。于是编了一篇讲义。印泥已从上海寄来，所以此刻就

---

1 尚钺（yuè）（1902-1982）：河南罗山人，著名历史学家。著有小说《斧背》。
2 沄沁（yún qìn）：即吕云章（1893-1974），福山县（今烟台市福山区）人。许广平在女师大读书时的校友。
3 1926年9月21日《世界日报》登载了女师大前总务长程干云代领俄款的消息。
4 罗静轩（1896-1979）：湖北红安人。时任北京女子学院舍务主任。

在《桃色的云》上写了几个字，将那"玻璃"印和印泥都第一次用在这上面；预备《莽原》第二十三期到来时，一同寄出。但因为天气热，印泥软，所以印得不大好，不过那也不要紧。必须如此办理，才觉舒服，虽被斥为"多事"，都不再辩，横竖已经失败，受点申斥算得什么。

本校并无新事发生。惟顾颉刚是日日夜夜布置安插私人；黄坚从北京到了，一个太太，四个小孩，两个用人，四十件行李，大有"山河永固"之意。我的要走已经宣传开去，大半是我自己故意说的。下午一个广大的学生来，他是本地人，问我广大来聘，我已应聘的话，可是真的。我说都真。他才高兴，说，我来厦门，他们都以为奇，但大概系不知内容之故，想总是住不久的，今果然，云云。可见能久在厦大者，必须不死不活的人才合宜，大家都以为我还不至于此。此人本是厦大学生，因去年的风潮而转广大，所以深知情形。

十五夜

十二日的来信，今天（十六）上午就收到了，也算快的。我想广厦间的邮信船大约每周有二次，假如星期二五开的罢，那么，星期一四发的信便快，三六发的就慢了，但我终于研究不出那船期是星期几。

贵校的情形，实在不大高妙，也如别处的学校一样，恐怕不过是不死不活，不上不下。一接手，一定为难。倘使直截痛快，或改革，或被攻倒，爽快，或苦痛，那倒好了，然而大抵不如此。就是办也办不好，放也放不下，不爽快，也并不大苦痛，只是终日浑身不舒服，那种感觉，我们那里有一句俗语，叫作"穿'湿布衫'"，就是有如将没有晒干的小衫，穿在身体上。我所经过的事，无不如此，近来的作文印书，即是其一。我想接手之后，随俗敷衍，你一定不能；改革呢，能够固然好，即使因此失职，然而未必有改革之望罢。那就最好是不接手，倘难却，就仿"前校长"的方法：躲起来。待有结束后另觅事做。

政治经济，我觉得你是没有研究的，幸而只有三星期。我也有这类苦恼，常不免被逼去做"非所长""非所好"的事。然而往往只得做，如在戏台下一般，被挤在中间，退不开去了，不但于己有损，事情也做不好；而别人看见推辞，却以为客气，仍坚执要你去做。这样地玩"杂耍"一两年，就都只剩下油滑学问，失了专长，而也逐渐被社会所弃，变了"药渣"了，虽然也曾煎熬了请人喝过汁。一变药渣，便什么人都来践踏，连先前吃过汁的人也来践踏；不但践踏，还要冷笑。

牺牲论究竟是谁的"不通"而该打手心，还是一个疑问。人们有自志取舍，和牛羊不同，仆虽不敏，是知道的。然而这"自志"又岂出于天然，还不是很受一时代的学说和别人的情形的影响的么？那么，那学说是否真实，那人是否好人，配受赠与，也就成为问题。我先前何尝不出于自愿，在生活的路上，将血一滴一滴地滴过去，以饲别人，虽自觉渐渐瘦弱，也以为快活。而现在呢，人们笑我瘦了，除掉那一个人之外。连饮过我的血的人，也都在嘲笑我的瘦了，这实在使我愤怒。我并没有略存求得好报之心，不过觉得他们加以嘲笑，是太过的。我的渐渐倾向个人主义，就是为此；常常想到像我先前那样以为"自所甘愿即非牺牲"的人，也就是为此；常欲人要顾及自己，也是为此。但这是我的思想上如此，至于行为，和这矛盾的却很多，所以终于是言行不一致，好在不远就有面承训

化装（一）/ 鲁迅藏外国明信片

谕的机会，那时再争斗罢。

我离厦门的日子，还有四十多天，说三十多，少算了十天了，然则性急而傻，似乎也和"傻气的傻子"差不多，"半斤八两相等也"。伏园大约一两日内启行，此信或者也和他同船出发。从今天起，我们兼包饭菜了；先前单包饭的时候，饭很少，每人只得一碗半（中小碗），饭量大的，兼吃两人的也不够，今天是多一点了，你看厨房多么可怕。这里的仆役，似乎都和当权者有些关系，换不掉的，所以无论如何，只能教员吃苦。即如这厨子，是国学院听差中之最懒而最可恶的，兼士费了许多力，才将他弄走，而他的地位却更好了。他那时的主张是：他是国学院的听差，所以别人不能使他做事。你想，国学院是一所房子，能叫他做事的么？

我上海买书很便当，那两本当即去寄，但到后还是即寄呢，还是年底面呈？

迅　十六日下午

广平兄：

十六日得十二日信后，即复一函，想已到。我猜想一两日内当有信到，但此刻还没有，就先写几句，豫〔预〕备明天发出。

伏园前天晚上走了，昨晨开船。你也许已见过。有否可做的事，我已托他问朱家骅，但不知如何。季黻南归，杳无消息，真是奇怪，所以他的事也无从计画〔划〕。

我这里是什么事也没有发生，不过前几天很阔了一通。将伏园的火腿用江瑶柱[1]煮了一大锅，吃了。我又从杭州带来两斤茶叶，每斤二元，喝着。伏园走后，庶务科便派人来和我商量，要我搬到他所住过的小房子里去。我便很和气的回答他：一定可以，不过可否再迟一个月的样子，那时我一定搬。他们满意而去了。

其实教员的薪水，少一点倒不妨的，只是必须顾到他的居住饮食，并给以相当的尊敬。可怜他们全不知道，看人如一把椅子或一个箱子，搬来搬去，弄不完。于是凡有能忍受而留下的便只有坏种，别有所图，或者是奄奄无生气之辈。

我走后，这里的国文一年级，明年学生至多怕只剩一个人了，其余的是转学到武昌或广州。但学校当局是不以为意的，这里的目

---

1 江瑶柱：俗称干贝。海鲜食品原料，一般都是晒干的，所以也称干瑶柱、干贝。

的是与其出事，不如无人。顾颉刚的学问似乎已经讲完，听说渐渐讲不出。陈万里只能在会场上唱昆腔，真是受了所谓"俳优畜之"的遭遇。但这些人正和此地相宜。

我很好，手指早已不抖，前信已声明。厨房的饭又克减了，每餐只有一碗半，幸我还够吃，又幸而只有四十天了。北京上海的信虽有来的，而印刷物多日不到，不知其故何也。再谈。

迅 十二月二十日午后

现已夜十一时，终不得信，此信明天寄出罢。

二十日夜

广平兄：

　　十九日信今天到，十六的信没有收到，怕是遗失了，所以终于不知寄信的地方，此信也不知能收到否？我于十二上午寄一信，此外尚有十六，二十一两信，均寄学校。

　　前日得郁达夫和遇安信，十四日发的，似于中大颇不满，都走了。次日又得中大委员会十五来信，言所定"正教授"只我一人，催我速往。那么，恐怕是主任了。但我只能结束了学期才走，拟即复信说明，但伏园大概已经替我说过。至于主任，我想不做，只要教教书就够了。

　　这里一月十五考起，看卷完毕，当在廿五左右，等薪水，所以至早恐怕要在一月廿八九才可以动身罢。我想先住客栈，此后如何，看情形再定，此时不必先酌定。

　　电灯坏了，洋烛所余无几，只得睡了。如此信收到，告我更详细的地名，可写信面。

迅　十二月廿三夜

怕此信失落，另写一信寄学校。

广平兄：

今日得十九来信，十六日信终于未到，所以我不知你住址，但照信面所写的发了一信，不知能到否？因此另写一信，挂号寄学校，冀两信有一信可到。

前日得郁达夫及遇安信，说当于十五离粤，似于中大颇不满。又得中大委员会信，十五发，催我速往，言正教授只我一人。然则当是主任。拟即作复，说一月底才可以离厦，或者伏园已替我说明了。

我想不做主任，只教书。

厦校一月十五考试，阅卷及等薪水等等，恐至早须廿八九才能动身。我拟先住客栈，此后则看形情〔情形〕再定。

我除十二，十三，各寄一信外，十六，二十一，又俱发信，不知收到否？

电灯坏了，洋烛已短，又无处买添，只得睡觉，这学校真可恨极了。

此地现颇冷，我白天穿夹袍，夜穿皮袍，其实棉被已够，而我懒于取出。

迅　十二月廿三夜

告我通信地址。

广平兄：

昨日（廿三）得十九日信，而十六信待到今晨未至，以为遗失的了，因写两信，一寄高第街，照信封上所写；一挂号寄学校，内容是一样的，上午寄出，想该有一封可以收到。但到下午，十六日发的一封信竟收到了，一共走了九天，真是奇特的邮政。

学校现状，可见学生之愚，和教职员之巧，独做傻子，实在不值得，实不如暂逃回家，不闻不问。这种事我遇过好几次，所以世故日深，而有量力为之，不拼死命之说。因为别人太巧，看得生气也。伏园想早到粤，已见过否？他曾说要为你向中大一问。

郁达夫已走了，有信来。又听说成仿吾[1]也要走。创造社中人，似乎与中大有什么不协似的，但这不过是我的推测。达夫遇安则信上确有怨言。我则不管，旧历年底仍往粤，倘薪水能早取，就仅一个月略余几天了，容易敷衍过去。

中大委员会来信言正教授止〔只〕我一个，不知何故。如是，则有做主任的危险，那种烦重的职务，我是不干的，大约当俟到后再看。现在在此倒还没有什么不舒服，因为横竖不远就走，什么都

---

1 成仿吾（1897-1984）：原名成灏，湖南新化人。与郭沫若、郁达夫等人1921年7月在日本东京建立了著名的革命文学团体创造社。

心平气和了。今晚去看了一回电影。川岛夫妇已到；我处常有学生来，也不大能看书，有几个还要转学广州，他们总是迷信我，真无法可想。长虹则专一攻击我，面红耳赤，可笑也，他以为将我打倒，中国便要算他。

陈仪独立是不确的，廿二日被孙〔传芳〕缴械了，此人真无用。而国民一军则似乎确已过陕州而至观音堂，北京报上亦载。

北京报又记傅铜等十教授与林素园大闹，辞职了，继任教务长是高一涵。群犬终于相争，而得利的还是现代评论派，正人君子之本领如此。罗静轩已走出，报上有一篇文章[1]，可笑。

玉堂大约总弄不下去，然而国学院是不会倒的，不过是不死不活。一班江苏人正与此校相宜，黄坚与校长尤洽，他们就会弄下去。后天校长请客，我在知单上写了一个"敬谢"，这是在此很少先例的，他由此知道我无留意，听说后天要来访我，我当避开。再谈。

迅　十二月二十四日灯下

（电灯）修好了。

1　时任北京女子学院舍务主任的罗静轩，因学校失火烧死学生事件引咎辞职。报上文章中有"静轩虽不才，鬻（yù）文为生，尚足养母"等语。

广平兄：

　　廿五日寄一函，想已到。今天以为当得来信，而竟没有，别的粤信，都到了。伏园已寄来一函，今附上，可借知中大情形。季黻与你的地方，大概都极易设法。我一面已写信通知季黻，他本在杭州，目下不知怎样。

　　看来中大似乎等我很急，所以我想就与玉堂商量，能早走则早走，自然另外也还有原因。此外，则厦大与我，太格格不入，所以我也不必拘拘于约束，为之收束学期也。但你信只管发，即我已走，也有人代收寄回。

　　厦大是废物，不足道了。中大如有可为，我也想为之出一点力，但自然以不损自己之身心为限。我来厦门，本意是休息几时，及有些豫〔预〕备，而有些人以为我放下兵刃了，不再有发表言论的便利，即翻脸攻击，自逞英雄；北京似乎也有流言，和在上海所闻者相似，且说长虹之攻击我，乃为此。用这样的手段，想来征服我，是不行的。我先前的不甚竞争，乃是退让，何尝是无力战斗。现在就偏出来做点事，而且索性在广州，住得更近点，看他们卑劣诸公其奈我何？然而这也是将计就计，其实是即使并无他们的闲话，也还是到广州的。

　　再谈。

迅　十二月廿九日灯下

广平兄：

自从十二月廿三四日得十九，六信后，久不得信，真是好等，今天上午（一月二日）总算接到十二月廿四的来信了。伏园想或已见过，他到粤所说的事情，我已于三十日所寄函中将他的信附上，收到了罢。至于刊物，十一月廿一日之后，我又寄过两次，一是十二月三日，大约已遗失；一是十二月十四日，挂号的，也许还会到。学校门房行为¹如此，真可叹，所以工人地位升高，总还须有教育才行。幸而那些刊物不过是些期刊之流，没有什〔么〕签名盖印的，失掉了倒也还没有什么。

毛咸这人听说倒很好的，他有本家在这里；信中的话，似乎也恳切，伏园至多大约不过作了一个小怪²，随他去；但连人家的名字都写错，可谓粗心。云章似乎好名，他被《狂飚》批评后，还写信去辩，真是上当。至于长虹，则现在竭力攻击我，似乎非我死他便活不成，想起来真好笑。近来也很回敬了他几杯辣酒。我从前竭力帮

<hr>

1 许广平在12月23日信中告诉鲁迅，广东女师大的门房常私自扣留鲁迅寄给她的刊物。
2 指孙伏园将鲁迅与许广平相恋之事告诉女师大校医毛子震。

忙，退让，现在躲在孤岛上，他们以为我精力都被他们用尽，不行了，翻脸就攻击。其实还太早了一些，以他们的一点破碎的思想的力量，还不能将我打死。不过使我此后见人更有戒心。

前天，十二月卅一日，我已将正式的辞职书提出，截至当日止，辞去一切职务。这事很给厦大一点震动，因为我在此，与学校的名气有些相关，他们怕以后难于聘人，学生也要减少，所以颇为难。为虚名计，想留我，为干净，省得捣乱计，愿放走我。但无论如何，总取得后者的结果的。因为我所不满意的是校长，所以无可调和。今天学生会也举代表来留，自然是具文而已，接着大概是送别会，那时是听我的攻击厦大的演说。他们对于学校并不满足，但风潮是不会有的，因为四年前曾经失败过一次。

我这一走，搅动了空气不少，总有一二十个也要走的学生，他们或往广州，或向武昌，倘有二十余人，就是十分之一，因为这里一总只有二百余人。这么一来，我到广州后，便又粘带了十来个学生，大约又将不胜其烦，即在这里，也已经应接不暇。但此后我想定一会客时间，否则，是不得了的，将有在北京那时的一样忙碌。将来攻击我的人，也许其中也有。

上月的薪水，听说后天可发；我现在是在看试卷，两三天可完。此后我便收拾行李；想于十日前，至迟十四五日以前，离开厦门，坐船向广州。但其时恐怕已有学生跟着的了，须为之转学安顿。所以此信到后，不必再寄信来，其已经寄出的，也无妨，因为有人代收。至于器具，我除几种铝制的东西之外，没有什么，当带着，恭呈钧览。

不到半年，总算又将厦门大学捣乱了一通，跑掉了。我的旧性似乎并不很改。听说这回我的搅乱，给学生的影响颇不小；但我知道，校长是决不会改悔的。他对我虽然很恭敬，但我讨厌他，总觉得他不像中国人，像英国人。

玉堂想到武昌，他总带〔待〕不久的。至于现代系人，却可以在，他们早和别人连〔联〕络了。

我近来很沉静而大胆，颓唐的气息全没有了，大约得力于有一个人的训示。我想二十日以前，一定可以见面了。你的作工〔工作〕的地方，那是当不成问题，我想同在一校无妨，偏要同在一校，管他妈的。

今天照了一个照相，是在草木丛中，坐在一个洋灰的坟的祭桌上，像一个皇帝，不知照得好否，要后天才知道。

迅　〔一九二七年〕一月二日下午

广平兄：

伏园想已见过了，他于十二月廿九日给我一封信，今裁出一部分附上，未知以为何如。我想助教是不难做的，并不必授功课，而给我做助教，尤其容易，我可以少摆教授架子。

这几天"名人"做得太苦了，赴了几处送别会，都有我那照例的古怪演说。这真奇怪，我的辞职消息一传出，竟惹起了个小小的波动，许多学生颇愤慨，有些人很慨叹，有些人很恼怒。有的是借此攻击学校，而被攻击的是竭力要将我的人说得坏些，因以减轻罪孽。所以谣言颇多，我但袖手旁观着，煞是好看。这里是死海，经这一搅，居然也有小乱子，总算还不愧为"挑剔风潮"的学匪。然而于学校，是仍然无益的，这学校除彻底扫荡之外，没有良法。

不过于物质上，也许受点损失。伏园走后，十二月上半月的薪水，不给他了。我的十二月份薪水，也未给，因为他们恨极，或许从中捣鬼。我须看他几天，所以十日以前，大约一定走不成，当在十五日前后。不过拿不到也不要紧，这一个对于他们狐鬼的打击，足以偿我的损失而有余了，他们听到鲁迅两字，从此要头痛。

学生至少有二十个被我带走。我确也不能不走了，否则害人不浅。因为我在这里，竟有从河南中州大学转学而来的，而学校是这样，我若再给他们做招牌，岂非害人，所以我一面又做了一则通信，登《语丝》，说明我已离厦。我不知何以忽然成为偶象〔像〕，这里的几个学生力劝我回骂长虹，说道，你不是你自己的了，许多青年等着听你的话。我为之吃惊，我成了他们的公物，那是不得了的，我不愿意。我想，不得已，再硬做"名人"若干时之后，还不如倒下去，舒服得多。

此信以后，我在厦门大约不再发信了，好在不远就到广州。中大的职务，我似乎并不轻，我倒想再暂时肩着"名人"的招牌，好好的做一做试试看。如果文科办得还像样，我的目的就达了。我近来变了一点态度，于诸事都随手应付，不计利害，然而也不很认真，倒觉得办事很容易，也不疲劳。

再谈。

迅 一月五日午后

化装（二）/ 鲁迅藏外国明信片

广平兄：

五日寄一信，想当先到了。今天得十二月卅日信，所以再写几句。

伏园为你谋作〔做〕助教，我想并非捉弄你的，观我前回附上之两信便知，因为这是李遇安的遗缺，较好。北大和厦大的助教，平时并不授课；厦大是教授请假半年或几月时，间或由助教代课，但这样是极少的事，我想中大当不至于特别罢，况且教授编而助教讲，也太不近情理，足下所闻，殆谣言也。即非谣言，亦有法想，似乎无须神经过敏。未发聘书，想也不至于中变，其于季黻亦然，中大似乎有许多事等我到才做似的。我的意思，附中聘书可无须受，即有中变，我当勒令朱找出地方来。

至于引为同事，恐牵连到自己，那我可不怕。我被各人用各色名号相加，由来久了，所以无论被怎么说都可以。这回我的去厦，这里也有各种谣言，我都不管，专用徐世昌哲学：听其自然。

害马又想跑往武昌去了，谋事逼之欤？十二月卅日写的信，而云"打算下半年在广州"，殊不可解，该打手心。

我十日以前走不成了，因为十二月分〔份〕薪水，要明后天才能取得。但无论如何，十五日以前是必动身的。他们不早给我薪水，使我不能早走，失策了。校内似乎要有风潮，现在正在酝酿，两三日内怕要爆发，但已由挽留运动转为改革厦大运动，与我不相干。

不过我早走，则学生们少一刺激，或者不再举动，现在是不行了。但我却又成为放火者，然而也只得听其自然，放火者就放火者罢。

这一两天内苦极，赴会和饯行，说话和喝酒，大约这样的还有两三天。自从被勒做"名人"以来，真是苦恼。这封信是夜三点写的，因为赴会后回来是十点钟，睡了一觉起来，已是三点了。

这些请吃饭的人，有的是佩服我的，在这里，能不顾每月四百元的钱而捣乱的人，已经算英雄。有的是憎而且怕我的，想以酒食封我的嘴，所以席上的情形，煞是好看，简直像敷衍一个恶鬼一样。前天学生送别会上，为厦大未有之盛举，有唱歌，有颂词，忽然将我造成一个连自己也想不到的大人物，于是黄坚也称我为"吾师"，而宣言曰"我乃他之学生也，感情自然很好的"。令人绝倒。今天又办酒给我饯行。

这里的恶势力，是积四五年之久而弥漫的，现在学生们要借我的四个月的魔力来打破它，不知结果如何。

迅　一月六日灯下

广平兄：

五日与七日的两函，今天（十一）上午一同收到了。这封挂号信，却并无要事，不过我因为想发议论，倘被遗失，未免可惜，所以宁可做得稳当些。

这里的风潮似乎还在蔓延，不过结果是不会好的。有几个人还想利用这机会高升，或则向学生方面讨好，或则向校长方面讨好，真令人看得可叹。我的事情大略已了，本可以动身了，而今天有一只船，来不及坐，其次，只有星期六有船，所以于十五日才能走。这封信大约要和我同船到粤，但姑且先行发出。我大概十五上船，也许十六才开，则到广州当在十九或二十日。我拟先住广泰来栈，和骝先接洽之后，便姑且搬入学校，房子是大钟楼，据伏园来信说，他所住的一间就留给我。

助教是伏园去谋来的，俺何敢自以为"恩典"，容易"爆发"[1]也好，容易"发暴"也好，我就是这样，横竖种种谨慎，还是被人逼得不能做人。我就来自画招供，自说消息，看他们其奈我何。我对

<hr>

1 许广平1927年1月7日致鲁迅信中说，鲁迅到广州与她相聚，在北京的亲属可能会立即"爆发"矛盾。

于"来者"，先是抱给与〔予〕的普惠，而惟独其一，是独自求得的心情。（这一段也许我误解了原意，但已经写下，不再改了。）这其一即使是对头，是敌手，是枭蛇鬼怪，要推我下来，我即甘心跌下来，我何尝愿意站在台上。我就爱枭蛇鬼怪，我要给他践踏我的特权。我对于名誉，地位，什么都不要，我只要枭蛇鬼怪够了。但现在之所以只透一点消息于人间者，（一）为己，是还念及生计问题；（二）为人，是可以暂以我为偶象〔像〕，而作改革运动。但要我兢兢业业，专为这两事牺牲，是不行了。我牺牲得够了，我从前的生活，都已牺牲，而受者还不够，必要我奉献全部的生命。我现在不肯了，我爱"对头"，我反抗他们。

这是你知道的，我这三四年来，怎样地为学生，为青年拚〔拼〕命，并无一点坏心思，只要可给与〔予〕的便给与〔予〕。然而男的呢，他们互相嫉妒，争起来了，一方面不满足，就想打杀我，给那〔哪〕方面也无所得。看见我有女生在坐，他们便造流言。这些流言，无论事之有无，他们是在所必造的，除非我和女人不见面。他们貌作新思想，其实都是暴君酷吏，侦探，小人。倘使顾忌他们，他们更要得步进步。我蔑视他们了。我有时自己惭愧，怕不配爱那一个人；但看看他们的言行思想，便觉得我也并不算坏人，我可以爱。

那流言，最初是韦漱园通知我的，说是沉钟社中人所说，《狂飙》上有一首诗，太阳是自比，我是夜，月是她。今天打听川岛，才知此种流言早已有之，传播的是品青，伏园，衣萍，小峰，二太太 [1]……。他们又说我将她带在厦门了，这大约伏园不在内，而送我

---

1 二太太：即周作人之妻羽太信子（1888-1962），日本人。

上车的人们所流布的。黄坚从北京接家眷来此，又将这流言带到厦门，为攻击我起见，广布于人，说我之不肯留，乃为月亮不在之故。在送别会上，陈万里且故意说出，意图中伤。不料完全无效，风潮并不稍减。我则十分坦然，因为此次风潮，根株甚深，并非由我一人而起。况且如果是"夜"，当然要有月亮，倘以此为错，是逆天而行也。

现在是夜二时，校中暗暗熄了电灯，帖〔贴〕出放假条告，当被学生发见〔现〕，撕掉了。从此将从驱逐秘书运动，转为毁坏学校运动。

《生财有大道》那一篇，看笔法似乎是刘半农[1]做的。老三不回去了，听说今年总当回京一次，至迟以暑假为度。但他不至于散布流言。我现在真自笑我说话往往刻薄，而对人则太厚道，我竟从不疑及衣萍之流到我这里来是在侦探我；并且今天才知道我有时请他们在客厅里坐，他们也不高兴，说我在房里藏了月亮，不容他们进去了。我托羡苏买了几株柳，种在后园，拔去了几株玉蜀黍，母亲也大不以为然，向八道湾[2]鸣不平，听说二太太也大放谣言，说我纵容学生虐待她。现在是往来很亲密了，老年人容易受骗。所以我早说，我一出西三条，能否复返，是一问题，实非神经过敏之谈。

---

1 刘半农（1891-1934）：江苏江阴人，中国新文化运动先驱。早年参加《新青年》编辑工作，曾任教北京大学。其诗歌《教我如何不想她》流传甚广：天上飘著些微云，地上吹著些微风。啊！微风吹动了我头发，教我如何不想？月光恋爱著海洋，海洋恋爱著月光。……

2 八道湾：周作人在北京的寓所，此处代指周作人夫妇。

但这些都由它去，我自走我的路。不过这回厦大风潮，我又成了中心，正如去年之女师大一样。许多学生，或则跟到广州，或往武昌，为他们计，是否还应该留几片铁甲在身上，再过一年半载，此刻却还未能决定。这只好于见到时商量。不过不必连助教都怕做，对语〔话〕都避忌，倘如此，那真成了流言的囚人了。

迅 一月十一日

广平兄：

现在是十七夜十时，我在"苏州"船中，泊在香港海上。此船大约明晨九时开，午后四时可到黄浦〔埔〕，再坐小船到长堤，怕要八九点钟了。

这回一点没有风浪，平稳如在长江船上，明天是内海，更不成问题。想起来真奇怪，我在海上，竟历来不大遇到风波，但昨天也有人躺下不能起来的，或者我比较的不晕船也难说。

我坐的是"唐餐间[1]"，两人一房，一个人到香港上去了，所以此刻是独霸一间。至于到广州后先住那〔哪〕一个客栈，此刻不能决定。因为有一个侦探性的学生跟住我。这人大概是厦大校长所派，侦探消息的，因为那边的风潮未平，他怕我帮助学生，在广州活动。我在船上用各种方法斥拒，至于疾声厉色，令他不堪。但是不成功，他终于嬉皮笑脸，谬托知己，并不远离。大约此后的手段是和我住同一客栈，时时在我房中，探听中大情形。所以明天我当相机行事，能将他撇下便撇下，否则再设法。

此外还有三个学生，是广东人，要进中大的，我已通知他们一律戒严，所以此人在船上，是不能探得消息。

迅 一月十七日

_____

1 唐餐间：指供应中餐的船舱。

乖姑！小刺猬！

在沪宁车上，总算得了一个坐位；渡江上了平浦通车，也居然定着一张卧床。这就好了。吃过一元半的夜饭，十一点睡觉，从此一直睡到第二天十二点钟，醒来时，不但已出江苏境，并且通过了安徽界蚌埠[1]，到山东界了。不知道刺猬可能如此大睡，我怕她鼻子冻冷，不能这样。

车上和渡江的船上，遇见许多熟人，如马幼渔的侄子，齐寿山的朋友，未名社的一伙；还有几个阔人，说是我的学生，但我不识他们了。那么，我的到北平，昨今两日，必已为许多人所知道。

今天午后到前门站，一切大抵如旧，因为正值妙峰山香市，所以倒并不冷静。正大风，饱餐了三年未吃的灰尘。下午发一电，我想，倘快，则十六日下午可达上海了。

家里一切如旧，母亲精神形貌仍如三年前，她说，害马为什么不同来呢？我答以有点不舒服[2]。其实我在车上曾想过，这种震动法，于乖姑是不相宜的。但母亲近来的见闻范围似很窄，她总是同我谈八道湾，这于我是毫无关心的，所以我也不想多说我们的事，因为

---

1 蚌埠（bèng bù）：安徽省第一个设市的地级市。
2 此时许广平已怀有身孕。

恐怕于她也不见得有什么兴趣。平常似常常有客来住，多至四五个月，连我的日记本子也都打开过了，这非常可恶，大约是姓车的男人[1]所为。他的女人，廿六七又要来了，那自然，这就使我不能多住。

不过这种情形，我倒并不气，也不高兴，久说必须回家一趟，现在是回来了，了却一件事，总是好的。此刻是十二点，却很静，和上海大不相同。我不知乖姑睡了没有？我觉得她一定还未睡着，以为我正在大谈三年来的经历了。其实并未大谈，我现在只望乖姑要乖，保养自己，我也当平心和气，渡〔度〕过豫〔预〕定的时光，不使小刺猬忧虑。

今天就是这样罢，下回再谈。

〔一九二九年〕五月十五夜

---

1 指车耕南（1888-1967），鲁迅二姨的女婿。

小刺猬：

　　昨天从老三转上一信，想已到。今天下午我访了未名社一趟，又去看幼渔，他未回，马珏[1] 是因疮进病院多日了。一路所见，倒并不怎样萧条，大约所减少的不过是南方籍的官僚而已。

　　关于咱们的故事，闻南北统一以后，此地忽然盛传，研究者也很多，但大抵知不确切。上午，令弟[2] 告诉我一件故事。她说，大约一两月前，某太太[3] 对母亲说，她做了一个梦，梦见我带了一个孩子回家，自己因此很气忿。而母亲大不以气忿之举为然，因告诉她外间真有种种传说，看她怎样。她说，已经知道。问何从知道。她说，是二太太告诉她的。我想，老太太所闻之来源，大约也是二太太。而南北统一后，忽然盛传者，当与陆晶清之入京有关。我因以小白象之事[4] 告知令弟，她并不以为奇，说，这是也在意中的。午前，我就告知母亲，说八月间，我们要有小白象了。她很高兴，说，我想

1 马珏（jué）（1910-1994）：北大教授马幼渔之女，1910年出生于东京，当时在北京大学预科学习，因相貌甜美出众，被誉为校花。与鲁迅通过一段时间的书信。
2 令弟指许羡苏。当时住在鲁迅北平家中，帮助鲁迅母亲料理家事。
3 朱安（1878-1947）：浙江绍兴人，鲁迅的第一任妻子。
4 指许广平怀孕一事。

也应该有了，因为这屋子里，早应该有小孩子走来走去。这种“应该”的理由，和我们是另一种思想，但小白象之出现，则可见世界上已以为当然矣。

不过我却并不愿意小白象在这房子里走来走去，这里并无抚育白象那么广大的森林。北平倘不荒芜下去，似乎还适于居住，但为小白象计，是须另选处所的。这事俟将来再议。

北平很暖，可穿单衣了。明天拟去访徐旭生。此外再看几个熟人，另外也无事可做。我觉得日子实在太长，但愿速到月底，不过那时，恐怕须走海道回了。

这里和上海不同，寂静得很。尹默凤举[1]，往往终日倾心政治。尹默之汽车，昨天和电车冲突，他臂膊碰肿了，明天拟去看他，并还草帽。台静农在和孙祥偈讲恋爱，日日替她翻电报号码（**因为她是新闻通讯员**），忙不可当。林卓凤[2]在西山调养胃病。

我的身体是好的，和在上海时一样。据潘妈[3]说，模样和出京时相同。我在小心于卫生，勿念；但刺猬也应该留心保养，令我放心。我相信她正是如此。

附笺一纸，可交与赵公[4]。又告诉老三，我当于一两日内寄书一包（**约四五本**）给他，其实是托他转交赵公的，到时即交去。

迅　五月十七夜

---

1 即沈尹默（1883-1971），祖籍浙江湖州人。曾任北京大学教授和校长。
　凤举：即张定璜（1895-1986），江西南昌人，著名作家，创造社重要成员。
2 林卓凤：许广平在女师大的校友。
3 潘妈：鲁迅母亲雇用的保姆。
4 赵公：指柔石（1902-1931），原名赵平复，化名少雄，浙江宁海人。曾任《语丝》编辑，并与鲁迅先生同办朝花社。

小刺猬：

　　听说上海北平之间的信件，最快是六天，但我于昨天（十八）晚上姑且去看看信箱——这是我们出京后所设的——竟得到了十四日发的小刺猬信，这使我怎样地高兴呀。未曾四条胡同 [1]，尤其令我放心，我还希望你善自消遣，能食能睡。写给谢君的信，是很好的，但说得我太好了一点。看现在的情形，我们的前途似乎毫无障碍，但即使有，我也决计要同小刺猬跨过它而前进的，绝不畏缩。

　　母亲的记忆力坏了些了，观察力注意力也略减，有些脾气，近于小孩子了。对于我们的感情是好的。也希望老三回来，但其实是毫无事情。

　　前天马幼渔来看我，要我往北大教书，当即谢绝。同日又看见李秉中，他是万不料我也在京的，非常高兴。他们明天在来今雨轩结婚，听听口气，两人的感情似乎好起来了。我想于上午去公园一趟，今天托令弟买了绸子衣料一件，价十一元余，作为贺礼带去。女的是女大的学生，音乐系。

　　林卓凤问令弟，听说鲁迅有要好的人了，结过婚了没有？但未提那"人"是谁。令弟答以不知道。这是细事，不足深考，顺便谈

---

1 四条胡同：鲁迅戏指女性哭泣。

178

谈而已。她往西山养病，自云胃病，我想，恐怕是肺病罢，否则，何必到西山去养呢。

昨晚探到你的来信后，正看着，车家的男女又来了，见我已回，大吃一惊，男的便到客栈去，女的今天也走了。我对他们很冷淡，因为我又知道了车男寓客厅时，又曾将我的书厨〔橱〕的锁弄破，开开了门。

以上十九日之夜十一点写

二十日上午，小刺猬十六日所发的信也收到了，也很快。但老三汇款之信，至今未到，大约因为挂号之故罢。小刺猬的生活法，据报告，很使我放心。我也好的，看见的人，都说我样子比出京时稍好，精神则好得多了。这里天气很热，已穿纱衣，我于空气中的灰尘，已不习惯，大约就如鱼之在浑水里一般，此外却并无不舒服。

昨天午前往中央公园贺李秉中，他很高兴。在那里看见刘文典[1]，谈了一通。新人一到，我就走了。她比李短一点，并不美，但也不丑，适中的人。下午访沈尹默，略谈了一些时，又访兼士，凤举，徐祖正，徐旭生，都没有会见。就这样的过了一天。夜九点钟，就睡着了，直至今天七点才醒。上午想理些带出的书籍，但头绪纷繁，无从下手，也许终于理不成功的，恐怕《中国字体变迁史》也不是在上海所能作罢。

今天下午我仍要出去访人，明天是往燕大讲演，我这回本来不

---

1 刘文典（1889-1958）：现代杰出的文史大师，安徽合肥人。1929年任清华大学国文系教授、主任，同时在北大兼课。

想多说话，但因为在那边是现代派太出风头了，所以想去讲几句。倘交通如故，我于月初要走了，但决不冒险，千万不要担心，因为我是知道冒险主权，并不是全权在我的。《冰块》留下两本，其余可送赵公们。《奔流》来稿，可请赵公写回信寄还他们，措辞和上次一样。小刺猬，你千万好好保养，下回再谈。

以上二十一日午后一时写

你的小白象

小刺猬：

　　二十一日午后发了一封信，晚上便收到十七日来信，今天上午又收到十八日来信，每信五天，好像交通十分准确似的。但我赴沪时想坐船，据凤举说，倭船并不坏，二等六十元，不过比火车为慢而已。至于风浪，则夏季一向很平静。但究竟如何，则须俟十天以后看情形决定。不过我是总想于六月四五日动身的，所以此信到时，倘是廿八九，那就不必写信来了。

　　我到北平，已一星期，其间无非是吃饭睡觉，访人，陪客，此外无事可为。文章是没有一句。昨天访了几个教育部旧同事，都穷透了，没有事做，又不能回家。今天和张凤举谈了两点钟天，傍晚往燕京大学讲演了一点钟，听的人很多。我照例从成仿吾一直骂到徐志摩，燕大是现代派信徒居多——大约因为冰心在此之故——给我一骂，很吃惊。有些人说，燕大是有钱而请不到好教员，说我可以来此教书了。我答以我奔波多年，现已心粗气浮，不能教书了。小刺猬，我想，这些优缺，还是让他们绅士们去占有罢，咱们还是漂流几天再说的好。沈士远也在那里做教授，全家住在那里，但我并不去访他。

　　今天寄到一本《红玫瑰》，陈西滢和凌叔华的照片都登上了，胡适之的诗载于《礼拜六》，他们的像见于《红玫瑰》，真是"物以类聚"。

云南腿已经将近吃完，是很好的，肉多，油也足，可惜这里的做法千篇一律，总是蒸。听说明天要吃蒋〔酱〕腿了，但大约也还是蒸。每天饭菜，大同小异，实在吃得厌烦了，不过饭量并不减，你不要神经过敏为要。鱼肝油带来的已吃完，买了一瓶，这里的价钱是二元二角。

吕云章未到西三条来，所以不知道她住在何处；小鹿[1]也没有来过。

这里很热，可穿纱衫了，雨是久已不下，比之南方的梅天，真是大不相同。所有带来的夹衣，都已无用，何况绒衫。我从明天起，想去看牙齿，大约有一星期，总可以补好了。至于时局，若以询人，则因其人之派别，而所答不同，所以我也并不深究，总之，到下月初，京津车总该是可走的，那么，就可以了。

小刺猬，这里的空气，真是沉静，和上海的动荡烦扰，大不相同，所以我是平安的；但只因为欠缺一件事，因而也静不下，惟看来信，知道小刺猬在上海也很乖，于是也就暂自宽慰了。小刺猬要这样继续摄生，万勿疏懈才好。

转告老三：汇票到了，但取款须用印章，今名字写错，不知能取出否。两三天内当去一试，看结果再说。

小白象　五月廿二夜一时

---

1 小鹿：即女作家陆晶清。

小刺猬：

此刻是二十三日之夜十点半，我独自坐在靠壁的桌前，这旁边，先前是小刺猬常常坐着的，而她此刻却在上海。我只好来写信算谈天了。

今天上午，来了六个北大国文系的代表，要我去教书，我即谢绝了。后来他们承认我回上海，只要豫〔预〕定下几门功课，何时来京，便何时开始，我也没有答应他们。我总结的话，是今之 L，已非三年前之 L，我有缘故，但此刻不说，将来或许会知道，总之是不想做教授了云云。他们只得回去，而希望我有一回讲演，我已约于下星期三去讲。

午后出街，将寄给乖而小的刺猬的信投入邮箱中。其次是往牙医寓，拔去一齿，毫不疼痛，他约我于廿七上午去补好，大约只要一次就可以了。其次是到商务印书馆，将老三的汇款取出，倒也并不麻烦。其次是走了三家纸铺，搜得中国纸的印笺数十种，化〔花〕钱约七元，也并无什么妙品，如此信所用这一种，要算是很漂亮的了。还有两三家未去，便中当再去走一趟，大约再用四五元，即将琉璃厂略佳之笺收备矣。

计到北平，已将十日，除车钱外，自己只化〔花〕了十五元，一半买信笺，一半是买碑帖的。至于旧书，则仍然很贵，所以一本也不买。

明天仍当出门，为侍桁[1]的饭碗去设设法；将来又想往西山一趟，看看素园[2]，听他朋友的口气，恐怕总是医不好的了。韦丛芜[3]却长大了一点。待廿九日往北大讲演后，便当作回沪之准备，听说日本船有一只叫"天津丸"的，是从天津直航上海，并不绕来绕去，但不知向沪的时候，能否相值耳。

今天路过前门车站，看见很扎着些素彩牌坊了，但这些典礼[4]，似乎只有少数人在忙。

我这次回来，正值暑假将近，所以很有几处想送我饭碗，但我对于此种地位，总是漠然。为安闲计，北平是不坏的，但因为和南方太不同了，所以几有世外桃源之感，我来此虽已十天，几乎毫无刺戟〔激〕，略不小心，确有落伍之惧的。上海虽烦扰，但也别有生气。

再〔下〕次再谈罢。我是很好的。

小白象　五，二三

---

1 即韩侍桁（héng）（1908-1987），天津人，鲁迅曾请朋友为他谋职。

2 即韦素园，诗人，翻译家，鲁迅曾写《忆韦素园君》一文。

3 韦丛芜（1905-1978）：安徽霍邱县人。韦素园的弟弟。

4 即"奉安典礼"：1929年5月26日，孙中山的灵柩由北京西山墓地移往南京紫金山中山陵。

小刺猬：

　　昨天上午寄老三信，内附上一函，想已收到了。十点左右有沉钟社的人来访我，至午邀我到中央公园吃饭，一直谈到五点才散。内有一人名郝荫潭，是女师大学生，但是新的，你未必认识，她说，马云也在回校读书了。这一类人，偏都回校来读书，可叹。中央公园昨天是开放的，但到下午为止，游人不多，风景大略如旧，芍药已开过，将谢了，此外"公理战胜"的牌坊上，添了许多蓝地〔底〕白字的标语。

　　从公园回来以后，未名社的人来访我了，谈了一点钟。他们去后，就接到小刺猬的十九，二十所写的两函。自然，看来信，小刺猬是很乖的，鼻子不再冻冷，也令我放心。不过勒令我的鼻子垂下，却未免专制。我的鼻子，虽然有时不免为刺猬所拉下，但不至于常如橡皮象那样也。

　　我毫不"拼命干，写，做，想……"至今为止，什么也不干，写……昨天因为说话太多了，十点钟便睡觉，一点醒了一次，即刻又睡，再醒已是早上七点钟，躺到九点，便是现在，就起来写这信。

　　达夫们所说关于北新的话，大概即受玉堂们影响的。北新门市每日不到百元，一月已有一千余元，足够上海开支了，此外还有外埠批发，不至于支持不下。但这是就理论而言，至于事实，也许真糟，我在此所见的人，都说北新不给版税，不给回信，和北新感情很坏，这样下去，自然也很不好的。

至于开明之股本，则我们知道得很明白，号称六万元，而其中之二万五千，是章雪村[1]弟兄之旧底子；一万是一个绍兴人的，他自己月取薪水百元，又荐了五个人，则其余之二万五千，也可想而知矣。大约达夫不知此种底细，所以听到从绍兴集了资本来，便疑为大有神秘也。

绍原[2]的信，吞吞吐吐，其意思盖想他的译稿，由我为之设法出售，或给北新，或登《奔流》，而又要装腔作势，不肯自己开口。我是决不来做这样傻子的了，拟不答复，或者胡里胡涂〔糊里糊涂〕的答几句。

此地天气很好，已穿纱衫。我是好的，能食能睡，加以小刺猬报告她的近状，知道非常之乖，更令我放心。今天尚无客来，这信安安静静写到这里，要说的也大略说过了，下次再谈罢。

五月廿五日上午十点正〔整〕

1 章雪村：即章锡琛。当时是开明书店经理。

2 绍原：即江绍原（1898-1983），安徽旌德人。20世纪中国民俗学界领袖之一。

小刺猬：

此刻是二十五日之夜的一点钟，我是十点钟睡着的，十二点醒来了，喝了两碗茶，还不想睡，就来写几句。今天下午，我出门时，将寄你的一封信，投入邮筒，接着看见邮局门外帖〔贴〕着条子道："奉安典礼放假两天"。那么，我的那一封信，须在二十七日才会上车的了。所以我明天不再寄信，且待"奉安典礼"完毕之后罢。刚才我是被炮声惊醒的，数起来共有百余响，亦"奉安典礼"之一也。

我今天的出门，是为侍桁寻地方去的，和幼渔接洽，已有头绪，访凤举却未遇。途次往孔德学校，去看旧书，遇钱玄同，恶其噜苏〔啰嗦〕，给碰了一个钉子，遂逡巡避去；少顷，则顾颉刚叩门而入，见我即踌躇不前，目光如鼠，终即退出，状极可笑也。他此来是为觅饭碗而来的，志在燕大，但未必请他，因燕大颇想请我；闻又在钻营清华，倘罗家伦不走，或有希望也。

傍晚往未名社闲谈，知道燕大学生又在运动我去教书，先令韦丛芜游说，我即拒绝。丛芜吞吞吐吐说，彼校国文系主任（*幼渔之弟，但非马衡*）早疑我未必肯去，因为在南边有唔唔唔……。我答以原因并不在"因为在南边有唔唔唔"，那是也可以同到北边的，我之谢绝，只因为不愿意做教员。因即告以我在厦门时长虹之流言，及现在你之在上海，惟于那一小白象事，却尚秘而不宣。

从芜因告诉我，长虹写给冰心情书，已阅三年，成一大捆。今年冰心结婚后，将该捆交给她的男人，他于旅行时，随看随抛入海中，数日而毕云。

从芜又指《冰块》之封面画告诉我云："这是我的朋友画的，燕大女生……很要好……"

明天是星期日，恐怕来访之客必多，我要睡了。现在已两点钟，遥想小刺猬或在南边也已醒来，但我想，因为她乖，一定也即睡着的。

二十五夜

星期日上午，是因为葬式的行列，道路几乎断绝交通，下午是可以走了，但只有宋紫佩[1]一人来谈，所以我能够十分休息。夜十点入睡，此刻两点，又醒了，吸一支烟，照例是便能睡着的。明天十点要去镶牙，所以就将闹钟拨在九点上。

看现在的情形，下月之初，火车大概是还可以走的，倘如此，我想坐六月三日的通车回沪，即使有迟到之事，六日总该可以到了罢——如果不去访季巿。但这仍须俟临时再决定，因为距今还有十

---

1 宋紫佩：即宋琳（1887-1952），字子佩，又作紫佩，浙江绍兴人，鲁迅的学生。

来天，倘觉不妥，便一定坐船。总之，我必当筹一稳妥之走法，打听明白，决不冒险，你可以放心。

明天想当有信来，但此信我当于上午先行发出。

二十六夜二点半

你的　迅

小刺猬：

今天——二十七日——下午，果然收到你廿一日所发信。我十五日信所选的两张笺纸，确也有一点意思的，大略如你所推测。莲蓬中有莲子，尤是我所以取用的原因。但后来各笺，也并非幅幅含有义理，小刺猬不要求之过深，以致神经过敏为要。

阿フ[1]如此吃苦，实为可怜，但是出牙，则也无法可想，现在必已全好了罢。编辑费可先托老三取出，那边寄来之收条，则暂存，待我到时填写。你的大妹的头痛，我想还是身体衰弱之故，最好是吃补剂，如鱼肝油之类（*我所吃的这一种*），你可由这回的来款中划出百元之谱，买而寄之，我辈有余而她不足，补助亦所当为。寄以现款，原也很好，但大抵是要移作家用，不以自奉的，但倘能使之精神舒服，则听其自由支配，亦佳。一切由你酌定就是。

姑母[2]来沪，即不发表亦将发见〔现〕，自以发表为宜，结果如何，可以不必顾虑。我对于一切外间传言，即最消极也不过不辩，而大抵以是认之时为多，是是非非，都由他们去，总之我们是有小白象了。

---

1 阿フ：即周建人之女，阿苦。
2 姑母：许广平的姑母。下文"发表"，指公开许广平怀孕的事。

计我回北平以来，已两星期，除应酬之外，读书作文，一点也不做，且也做不出来。那间后房，一切如旧，而小刺猬不坐在床沿上，是使我最觉得不满足的，幸而来此已两星期，距回沪之期渐近了。新租的屋，已说明为堆什物及寓客之用，客厅之书不动，也不住人。

今天已将牙齿补好，只化〔花〕了五元，据云将就一二年，须全盘做过了。但现在试用，尚觉合式〔适〕。晚间是徐旭生张凤举等在中央公园邀我吃饭，十时才回寓。总算为侍桁寻得了一个饭碗。同席约有十人，他们已都知道我因"唔唔唔"而不肯留北。

旭生说，今天女师大因两派对于一教员之排斥和挽留，甲以钱袋击乙之头，致乙昏厥过去，抬入医院。小姐们之挥拳，似以此为嚆矢[1]云。

明天拟往东城探听船期，晚则幼渔邀我吃饭；后天北大讲演；大后天拟往西山看韦素园。这三天中较忙，大约未必能写什么详信了。

此刻小刺猬＝小莲蓬＝小莲子不知是睡着还是醒着。计此信到时，我在这里距启行之日也已不远了。这是使我高兴的。但我仍然静心保养，并不焦躁，小刺猬千万放心，并且也自保重为要。

　　　　　　　　　　　　　　你的小白象　五月廿七夜十二时

---

1 嚆（hù）矢：用以比喻事物的开端。

小刺猬：

　　廿一日所发的信，是前天收到的，昨天写了一封回信（由老三转的）寄出。昨今两天，都未曾收到来信，我想，这一定是因为葬式的缘故，火车被耽搁了。

　　昨天下午去问日本船，知道从天津开行后，因须泊大连两三天，至快要六天才到上海。我看现在，坐车还很可以，所以想于六月三日动身，带便看看季巿，而于八日或九日回沪。如果到下月初发见〔现〕不宜于坐车，那时再改走海道，不过到沪又要迟几天了。总之，我当看最妥当的方法办理，你可以放心。

　　昨天又买了些笺纸，这便是其一种，北京的信笺搜集[1]，总算告一段落了。晚上是在幼渔家里吃饭，马珏还在生病，未见，病也不轻，但据说可以没有危险。谈了些天，回寓时已九点半。十一点睡去，一直睡到今天七点钟。

　　此刻是上午九点半，闲坐无事，写了这些。午后要到未名社去，七点起是在北大讲演。讲毕之后，似乎还有沈尹默之流邀袭，拉去吃饭。倘如此，则回寓时又要十点左右了。

　　小刺猬和小莲子，我是好的，很能睡，饭量和在上海时一样，

---

1 鲁迅与郑振铎准备编选《北平笺谱》，该书于1934年1月出版。

化妆（三）/ 鲁迅藏外国明信片

酒喝得极少，不过壹小杯蒲陶〔葡萄〕酒而已。家里有一瓶别人送的汾酒，连瓶也没有开。倘如我的豫〔预〕计，那么，再有十天便可以面谈了。小莲蓬，愿你安好，保重为要。

你的　🖋　五月二十九日

小刺猬：

　　此刻是二十九夜十二点，原以为可得你的来信的了，因为我料定你于廿一日的信以后，必已发了昨今可到的两三信，但今未得，这一定是被奉安列车耽搁了，听说星期一的通车，还没有到哩。

　　今天上午来了一个客。下午到未名社去，晚上他们邀我去吃晚饭，在东安市场的森隆饭店；七点钟到北大第二院演讲一小时，听者有千余人，大礼堂为之满，大约北平寂寞已久，所以学生们很以这类事为新鲜。八时尹默凤举等又为我饯行，仍在森隆，不得不赴，但吃得少些，十一点才回寓。现已吃了三粒消化丸，写了这一张信，便将睡觉了，因为明天早晨，便当往西山看素园去。

　　听说，燕大的有几个教员，怕学生留我教书，发生恐怖了。你看，这和厦门大学何异？但我何至于"与鸡鹜¹争食"乎？

　　今天虽因得不到来信，略觉怅怅，但我知道迟延的原因，所以睡得着的，并遥祝小刺猬在上海也睡得安适。

二十九夜

---

1 鸡鹜（wù）：鸡和鸭。比喻小人或平庸的人。

三十日午后二时，我从西山看韦素园回来，果然得到小刺猬的廿三及廿五日两封信，彼此都为邮局送信的忽迟忽早所捉弄，真是令人生气。但我知道小刺猬已经得到我的信，略得安慰，也就稍稍得到安慰了。

今天我是早晨八点钟上山的，用的是摩托车，并霁野[1]等共五人。素园还不准起坐，也很瘦，但精神却好，他很喜欢，谈了许多闲天。据丛芜说，关于我们的事，他闻之于马季铭（**燕大国文系主任**），马则云周作人所说的。其实不过是怕我去抢饭碗，即我们不住一处，他们也当另觅排斥的理由。然而我流宕三年了，何至于忽而去抢饭碗呢，这些地方，我觉得他们实在比我小气。

今天得小峰信，云因战事，书店生意皆不佳，但汇给（**由分店**）我二百元，不过此款现在还未送来。

你廿五的信，今天到了，似交通尚好，但四五日后，却不一定了。三日能走则走，否则当改海道，不过到沪当在十日前后了。总之，我当择最稳当而舒服的走法，决不冒险，使我的小莲蓬担心的。现在精神也很好，千万放心，我决不肯将小刺猬的小白象，独在北平而有一点损失，使小刺猬心疼。

你的　🐘　五月卅日下午五点

---

1 李霁野（1904-1997）：安徽霍邱人，鲁迅的学生。

小莲蓬而小刺猬：

现在是三十日之夜一点钟，我快要睡了，下午已寄出一信，但我还想讲几句话，所以再写一点。

前几天，董秋芳给我一信，说他先前的事，要我查考鉴察。我那〔哪〕有这些工夫来查考他的事状呢，置之不答。下午从西山回，他却等在客厅中，并且知道他还先向母亲房里乱攻，空气甚为紧张。我立即出而大骂之，他竟毫不反抗，反说非常甘心。我看他未免太无刚骨，然而他自说其实是勇士，独对于我，却不反抗。我说我却愿意人对我来反抗。他却道正因如此，所以佩服而不反抗者也。我也为之好笑，乃笑而送出之。大约此后当不再来缠绕了罢。

晚上来了两个人，一个是为孙祥偈翻电报之台〔静农〕，一个是帮我校《唐宋传奇集》之魏〔建功〕，同吃晚饭，谈得很畅快。和上午之纵谈于西山，都是近来快事。他们对于北平学界现状，俱颇不满。我想，此地之先前和"正人君子"战斗之诸公，倘不自己小心，怕就也要变成"正人君子"了。各种劳劳，从我看来，很可不必。我自从到北平后，觉得非常自在，于他们一切言动，甚为漠然；即下午之面斥董公，事后也毫不气忿，因叹在寂寞之世界里，虽欲得一可以对垒之敌人，亦不易也。

小刺猬，我们之相处，实有深因，它们以它们自己的心，来相窥探猜测，那〔哪〕里会明白呢。我到这里一看，更确知我们之并不渺小。

这两星期以来，我一点也不颓唐，但此刻遥想小刺猬之采办布帛之类，豫〔预〕为小小白象经营，实是乖得可怜，这种性质，真是怎么好呢。我应该快到上海，去管住她。

三十日夜一点半

小刺猬，三十一日早晨，被母亲叫醒，睡眠时间少了一点，所以晚上九点钟便睡去，一觉醒来，此刻已是三点钟了。冲了一碗茶，坐在桌前，遥想小刺猬大约是躺着，但不知是睡着还是醒着。五月三十一这天，没有什么事。但下午有三个日本人来看我所藏的关于佛教石刻拓本，颇诧异于收集之多，力劝我作目录。这自然也是我所能为之一，我以外，大约别人也未必做了的了，然而我此刻也并无此意。晚间，宋紫佩已为我购得车票，是三日午后二时开，他在报馆中，知道车还可以坐，至多不过误点（迟到）而已。所以我定于三日启行，有一星期，就可以面谈了，此信发后，拟不再寄信，倘在南京停留，自然当从那里再发一封。

六月一日黎明前三点 

哥姑：

写了以上的几行信以后，又写了几封给人的回信，天也亮起来了，还有一篇讲演稿要改，此刻大约不能睡了，再来写几句。

我自从到此以后，综计各种感受，似乎我于新文学和旧学问各方面，凡我所着手的，便给别人一种威吓——有些旧朋友自然除外——所以所得到的非攻击排斥便是"敬而远之"。这种情形，使我更加大胆阔步，然而也使我不复专于一业，一事无成。而且又使小刺猬常常担心，"眼泪往肚子里流"。所以我也对于自己的坏脾气，常常痛心；但有时也觉得惟其如此，所以我配获得我的小莲蓬兼小刺猬。此后仍当四面八方地闹呢，还是暂且静静，作一部冷静的专门的书呢，倒是一个问题。好在我们就要见面了，那时再谈。

我的有莲子的小莲蓬，你不要以为我在这里时时如此彻夜呆想，我是并不如此的。这回不过因为睡够了，又有些高兴，所以随便谈谈。吃了午饭以后，大约还要睡觉。加以行期在即，自然也忙些。小米（小刺猬吃的），馇〔棒〕子面（同上），果脯等，昨天都已买齐了。

这信封的下端，是因为加添这一张，我自己拆过的。

 六月一日晨五时

乖姑：

我已于十三日午后二时到家[1]，路上一切平安，眠食有加。

母亲是好的，看起来不要紧。自始至现在，止〔只〕看了两回医生，我想于明天再请来看看。

你及海婴[2]好吗，为念。

迅　上　〔一九三二年〕十一月十三下午

---

1 指回到北平旧寓，鲁迅此去为探望母病。
2 鲁迅与许广平的儿子。

乖姑：

到后草草寄出一信，先到否？看母亲情形，并无妨碍，大约因年老力衰，而饮食不慎，胃不消化，则突然精力不济，遂现晕眩状态，明日当延医再诊，并问养生之法，倘肯听从，必可全〔痊〕愈也。

我一路甚好，每日食两餐，睡整夜，亦无识我者，但车头至廊坊附近而坏，至误点两小时，故至前门站时，已午后二时半矣。

北平似一切如旧，西三条亦一切如旧，我仍坐在靠壁之桌前，而止〔只〕一人，于百静中，自然不能不念及乖姑及小乖姑，或不至于嚷"要 Papa"乎。

其实我在此亦无甚事可为，大约俟疗至母亲可以自己坐立，则吾事毕矣。

存款尚有八百余，足够疗治之用，故上海可无须寄来，看将来用去若干，或任之，或补足，再定。

此地甚暖和，水尚未冰，与上海仿佛，惟木叶已槁而未落，可知无大风也。

你们母子近况如何，望告知，勿隐。

迅 十一月十三夜一时

乖姑：

十三十四各寄一信，想已到。今十五日午后得十二日所发信，甚喜。十一，二《申报》亦到。你不太自行劳苦，正如我之所愿，海婴近如何，仍念。母亲说，以后不得称之为狗屁也。

昨请同仁医院之盐泽博士来，为母亲诊察，与之谈，知实不过是慢性之胃加答[1]，因不卫生而发病，久不消化，遂至衰弱耳，决无危险，亦无他疾云云。今日已好得多了。明日仍当诊察，大约好好的调养一星期，即可起坐。但这老太太颇发脾气，因其学说为："医不好，则立刻死掉，医得好，即立刻好起"，故殊为焦躁也，而且今日头痛方愈，便已偷偷的卧而编毛绒小衫矣。

午后访小峰，知已回沪，版税如无消息，可与老三商追索之法，北平之百元，则已送来了。访齐寿山，门房云已往兰州，或滦州，听不清楚；访幼渔，则不在家，投名片而出。访人之事毕矣。

我很好，一切心平气和，眠食俱佳，可勿念。现在是夜二时，未睡，因母亲服泻药，起来需人扶持，而她不肯呼人，有自己起来之虑，故需轮班守之也，但我至三时亦当睡矣。此地仍暖，颇舒服，

---

1 胃加答：即胃炎。

岂因我惯于北方，故不觉其寒欤。

迅　十五夜

十三日所发信十六下午到。海婴已愈否？但其甚乖，为慰。重看校稿，校正不少，殊可嘉尚，我不料其乖至于此也。

今日盐泽博士来，云母亲已好得多了，允许其吃挂面，但此后食品，须永远小心云云。我看她再有一星期，便可以坐立了。

我并不操心，劳碌，几乎终日无事，只觉无聊，上午整理破书，拟托子佩去装订，下午马幼渔来，谈了一通，甚快。此地盖亦乌烟瘴气，惟朱老夫子[1]已为学生所排斥，被邹鲁聘往广州中大去了。

闻吕云章为师大校女生部舍监。

川岛因父病回家，孙在北平。

此地北新的门面，红墙白字，难看得很。

天气仍暖和，但静极，与上海较，真如两个世界，明年春天大家来玩个把月罢。某太太[2]于我们颇示好感，闻当初二太太[3]曾来鼓动，劝其想得开些，多用些钱，但为老太太[4]纠正。后又谣传 H.M. 肚子又大了，二太太曾愤愤然来报告，我辈将生孩子而她不平，可笑也。

再谈。

L. 十一月十六日夜十时半

---

1 朱老夫子：即朱希祖。

2 某太太：指朱安。

3 二太太：指周作人的妻子羽太信子。

4 老太太：指鲁迅的母亲鲁瑞。

乖姑：

此刻是十九日午后一时半，我和两乖姑离开，已是九天了。现在闲坐无事，就来写几句。

十七日寄出一信，想已达。昨得十五日来信，我相信乖姑的话，所以很高兴，小乖姑大约总该好起来了。我也很好；母亲也好得多了，但她又想吃不消化的东西，真是令人为难，不过经我一劝，也就停止了。她和我谈的，大抵是二三十年前的和邻居的事情，我不大有兴味，但也只得听之。她和我们的感情很好，海婴的照片放在床头，逢人即献出，但二老爷的孩子们的照相则挂在墙上，初，我颇不平，但现在乃知道这是她的一种外交手段，所以便无芥蒂了。二太太将其父母迎来，而虐待得真可以，至于一见某太太，二老人也不免流涕云。

这几天较有来客，前天霁野、静农、建功来。昨天又来，且请我在同和居吃饭，兼士亦至，他总算不变政客，所以也不得意。今天幼渔邀我吃夜饭，拟三点半去，此外我想不应酬了。

周启明颇昏，不知外事，废名[1]是他荐为大学讲师的，所以无怪

---

1 废名：原名冯文炳（1901-1967），湖北黄梅人，视周作人为师，亦尊重鲁迅。周氏兄弟失和后，废名对鲁迅的态度变化微妙。

攻击我，狗能不为其主人吠乎？刘复[1]之笑话不少，大家都和他不对，因为他捧住李石曾之后，早不理大家了。

这里真是和暖得很，外出可以用不着外套，本地人还不穿皮袍，所以我带来的衣服，还不必都穿在身上也。

现在是夜九点半，我从幼渔家吃饭回来了，同席还是昨天那些人，所讲的无非是笑话。现在这里是"现代"派拜帅了，刘博士已投入其麾下，闻彼一作校长，其夫人即不理二太太，因二老爷不过为一教员而已云。

再谈。

迅　十一月二十日

---

1 刘复：即刘半农。

乖姑：

　　今（廿日）晨刚寄一函，晚即得十七日信，海婴之乖与就痊，均使我很欢喜。我是极自小心的，每餐（午、晚）只喝一杯黄酒，饭仍一碗，惟昨下午因取书，触一板倒，打在脚趾上，颇痛，即搽兜安氏止痛药，至今晨已全好了。

　　那张照片，我确放在内山店，见其收入门口帐〔账〕桌之中央抽斗中，上写"MR.K.Chow"者即是，后来我取信，还见过几次，今乃大索不得，殊奇。至于另一张，我已记不清放在那〔哪〕里，恐怕是在桌灯旁边的一叠纸堆里，亦未可知，可一查，如查得，则并附上之一条纸一并交出，否则，只好由它去了。

　　我到此后，紫佩，静农，寄〔霁〕野，建功，兼士，幼渔，皆待我甚好，这种老朋友的态度，在上海势利之邦是看不见的。我已应允他们于星期二（廿二）到北大、辅仁大学各讲演一回，又要到女子学院去讲一回，日子未定。至于所讲，那不消说是平和的，也必不离于文学，可勿远念。

　　此地并不冷，报上所说，并非事实，且谓因冷而火车误点，亦大可笑，火车莫非也怕冷吗。我在这里，并不觉得比上海冷（但夜间在屋外则颇冷），当然不至于感冒也。

　　母亲虽然还未起床，但是好的，我在此不过作翻译，余无别事，

206

波斯贵妇人 / 鲁迅藏外国明信片

所以住至月底，我想走了，倘不收到我延期之信，你至二十六止，便可以不寄信来。

再谈。

"哥" 十一月二十日夜八点

我现在睡得早，至迟十一点，因无事也。

乖姑：

二十一日寄一函，想已到。昨得十九所寄信，今午又得二十日信，俱悉。关于信件，你随宜处分，甚好，岂但"原谅"，还该嘉奖的。

北京不冷，仍无需外套，真奇。我亦很好，昨天往北大讲半点钟，听者七八百，因我要求以国文系为限，而不料尚有此数；次即往辅仁大学讲半点钟，听者千一二百人，将夕，兼士即在东兴楼招宴，同席十一人，多旧相识，此地人士，似尚存友情，故颇欢畅，殊不似上海文人之反脸不相识也。

明日拟至女子学院讲半点钟，此外即不再往了。

母亲已日见其好起来，但仍看医生，我拟请其多服药几天也。坪井先生[1]甚可感，有否玩具可得，拟至西安市场一看再说，但恐必窳劣[2]，无佳品耳。"雪景"亦未必佳。山本夫人[3]拟买信笺送之，至于少爷，恐怕只可作罢。

---

1 坪井先生：即坪井芳治（1898-1960），儿科医生，曾为海婴诊病。

2 窳（yǔ）劣：恶劣、粗劣。

3 山本夫人：即山本初枝（1898-1966），日本女诗人。1917年随丈夫在上海居住，1931年与鲁迅相识于内山书店。

我独坐靠墙之桌边，虽无事，而亦静不下，不能作小说，只可观翻旧责，看看而已。夜眠甚安，酒已不喝，因赴宴时须喝，恐太多，故平时节去也。

云章[1]为师大舍监，正在被逐，今剪报附上，她不知我在此也。

L. 十一月廿三下午

---

1 即吕云章，许广平在女师大的同学。

乖姑：

二十三日下午发一信，想已到。昨天到女子学院讲演，都是一些"毛丫头"，盖无一相识者。明日又有一处讲演，后天礼拜，而因受师大学生之坚邀，只得约于下午去讲。我本拟星期一启行，现在看来，恐怕至早于星期二才能走，因为紫佩以太太之病，忙得瘦了一半，而我在这几天中，忙得连往旅行社去的工夫也没有也。但我现在的意思，星二（廿九）是必走的。

二十二发的信，今日收到。观北新办法，盖还要弄下去，其对我们之态度，亦尚佳，今日下午我走过支店门口，店员将我叫住，付我百元，则小峰之说非谎，我想，本月版税，就这样算了罢。

川岛夫人好意可感，但她的住处，我竟打听不出来，无从面谒，只得将来另想办法了。

我今天出去，是想买些送人的东西，结果一无所得。西单商场很热闹了，而玩具铺只有两家，"雪景"无之，他物皆恶劣，不买一物，而被扒手窃去二元余，盖我久不惯于围巾手套等，万分臃肿，举动木然，故贼一望而知为乡下佬也。现但有为小狗屁而买之小物件三种，皆得之商务印书馆，别人实无法可想，不得已，则我想只能后日往师大讲演后，顺便买些蜜饯，携回上海，每家两合〔盒〕，聊以塞责，而或再以"请吃饭"补之了。

现在这里的天气还不冷，无需外套，真奇。旧友对我，亦甚好，殊不似上海之专以利害为目的，故倘我们移居这里，比上海是可以较为有趣的。但看这几天的情形，则我一北来，学生必又要迫我去教书，终或招人忌恨，其结果将与先前之非离北京不可〔相同〕。所以，这就又费踌躇了。但若于春末来玩几天，则无害。

母亲尚未起床，但是好的，前天医生来，已宣告无须诊察，只连续服药一星期即得，所以她也很高兴了。我也好的，在家不喝酒，勿念为要。

吕云章还在被逐中，剪报附上，此公真是"倭支葛搭"[1]的一世。我若于星期二能走，那么在这里就不再发信了。

"哥" 十一月廿五夜八点半

---

1 "倭支葛搭"：绍兴方言，意为窝窝囊囊。

致母亲信

鲁瑞（1858—1943）

鲁迅母亲鲁瑞，共生四子一女，鲁迅为其长子。

鲁迅16岁丧父，由母亲抚养成人。鲁迅孝敬母亲，尤其顺从。考虑到生于乱世，母亲身边需要人照顾，鲁迅又顺从了母亲安排的包办婚姻，结果自己过了20年僧人般的生活，感受着"没有爱的悲哀"。

她没有上过学，童年时塾师给她的兄弟上课，她站在门外偷听。之后就自己找书看，遇到不认识的字，问问别人，终于自修获得看书的能力。她最爱读言情小说，这一爱好保持到晚年。鲁迅多次在上海的世界书局、北新书店购买张恨水、程瞻庐的小说寄给母亲看，如《金粉世家》、《西厢记》、《镜花缘》等。有些小说鲁迅自己并不喜欢，但只要母亲爱看，他都毫不犹豫地为母亲购买，有的亲自带给母亲，有的托朋友带去，有的直接寄去。

鲁迅后来曾说，因为母亲要看书，他必须到处搜集小说，而且老人家记忆力特别强，改头换面，内容千篇一律的东西，经她一看就发现了。"这和那本书上的故事是一样的。"——这虽然使鲁迅在找书上费了不少心力，却也使他清楚了许多书的来源。这对鲁迅后来编著《中国小说史略》、《小说旧闻钞》、《唐宋传奇集》、《古小说钩沉》等书不无帮助。

鲁迅离世时，母亲已是78岁高龄。晚年丧子，悲痛得哭不出声，直到七天后才大哭一场。

母亲大人膝下敬禀者：

十七日寄奉一函，想已到。现男等已于十九日回寓[1]，见寓中窗户，亦被弹碎片穿破四处，震碎之玻璃，有十一块之多。当时虽有友人代为照管，但究不能日夜驻守，故衣服什物，已有被窃去者，计害马衣服三件，海婴衣裤袜子手套等十件，皆系害马用毛线自编，厨房用具五六件，被一条，被单五六张，合共值洋七十元，损失尚算不多。两个用人，亦被窃去值洋二三十元之物件。惟男则除不见了一柄洋伞之外，其余一无所失，可见书籍及破衣服，偷儿皆看不入眼也。

老三[2]旧寓，则被炸毁小半，门窗多粉碎，但老三之物，则除木器颇被炸破之外，衣服尚无大损，不过房子已不能住，所以他搬到法租界去了。

海婴疹子见点之前一天，尚在街上吹了半天风，但次日却发得很好，移至旅馆，又值下雪而大冷，亦并无妨碍，至十八夜，热已退净，遂一同回寓。现在胃口很好，人亦活泼，而更加顽皮，因无别个孩子同玩，所以只在大人身边吵嚷，令男不能安静。所说之话

---

1 一·二八事变中鲁迅寓所陷于战火，鲁迅于1月30日举家避难，至3月19日回寓。
2 即鲁迅的三弟周建人。

亦更多，大抵为绍兴话，且喜吃咸，如霉豆腐，盐菜之类。现已大抵吃饭及粥，牛乳只吃两回矣。

男及害马，全都安好，请勿念。淑卿小姐久不见，但闻其肚子已很大，不久便将生产，生后则当与其男人同回四川云。

专此布达，恭请

金安。

男树　叩上〔一九三二年〕三月二十日夜

万木霜天 ／ 方本幼作

母亲大人膝下敬禀者：

顷接到六月二十六日来信，敬悉一切。海婴现已全愈，且又胖起来，与生病以前相差无几，但还在吃粥，明后天就要给他吃饭了。他很喜欢玩耍，日前给他买了一套孩子玩的木匠家生〔方言，工具〕，所以现在天天在敲钉，不过不久就要玩厌的。近来也常常领他到公园去，因为在家里也实在闹得令人心烦。附上照片一张，是我们寓所附近之处，房屋均已修好，已经看不出战事的痕迹来，站在中间的是害马抱着海婴，但因为照得太小，所以看不清楚了。

上海已逐渐暖热，霍乱曾大流行，现已较少，大约从此可以消灭下去。男及害马均安好，请勿念。

老三已经回到上海，下半年去否未定，男则以为如别处有事可做，总以不去为是，因为现在的学校，几乎没有一个可以安稳教书吃饭也。

专此布达，恭请
金安。

男树　叩上　害马及海婴随叩　七月二日

母亲大人膝下敬禀者：

七月四日的信，已经收到，前一信也收到了。家中既可没有问题，甚好，其实以现在生活之艰难，家中历来之生活法，也还要算是中上，倘还不能相谅，大惊小怪，那真是使人为难了。现既特雇一人，专门伏侍，就这样试试再看罢。

男一切如常，但因平日多讲话，毫不客气，所以怀恨者颇多，现在不大走出外面去，只在寓里看看书，但也仍做文章，因为这是吃饭所必需，无法停止也，然而因此又会遇到危险，真是无法可想。害马虽忙，但平安如常，可释远念。

海婴是更加长大了，下巴已出在桌面之上，因为搬了房子，常在明堂里游戏，或到田野间去，所以身体也比先前好些。能讲之话很多，虽然有时要撒野，但也能听大人的话。许多人都说他太聪明，还欠木一点，男想这大约因为常与大人在一起，没有小朋友之故，耳濡目染，知道的事就多起来，所以一到秋凉，想送他到幼稚园去了。上海近数日大热，屋内亦有九十度〔约32摄氏度〕，不过数日之后，恐怕还要凉的。

专此布达，恭请
金安。

男树　叩上　广平及海婴同叩　〔一九三三年〕七月十一日

母亲大人膝下敬禀者：

十一月六日信已收到。心梅叔¹地址，系"绍兴城内大路，元泰纸店"，不必写门牌，即可收到。修坟已择定旧历九月廿八日动工，共需洋三十元，又有亩捐，约需洋二十元，大约连太爷之祭田在内，已由男汇去五十元，倘略有不足，俟细账开来后，当补寄，请勿念。

上海天气亦已颇冷，但幸而房子朝南，所以白天尚属温暖。男及害马均安好，但男眼已渐花，看书写字，皆戴眼镜矣。海婴很好，脸已晒黑，身体亦较去年强健，且近来似较为听话，不甚无理取闹，当因年纪渐大之故，惟每晚必须听故事，讲狗熊如何生活，萝卜如何长大等等，颇为费去不少工夫耳。

余容续禀，专此，恭请
金安。

男树　叩上　广平及海婴随叩　十一月十二日

---

1 即鲁迅的堂叔周秉钧（1864－1939），是鲁迅的本家前辈，周心梅与鲁迅的父亲周伯宜，是同以周佩兰为高祖的从兄弟，他们都是周佩兰的玄孙。

母亲大人膝下，敬禀者：

十二月二日的来信，早已收到。心梅叔有信寄老三，云修坟已经动工，细账等完工后再寄。此项经费，已由男预先寄去五十元，大约已所差无几，请大人不必再向八道湾提起，免得因为一点小事，或至于淘气也[1]。

海婴仍不读书，专在家里捣乱，拆破玩具，但比上半年懂事得多，且较为听话了。男及害马均安好，并请勿念。上海天气渐冷，可穿棉袍，夜间更冷，寓中已于今日装置火炉矣。

余容续禀，专此布达，恭请
金安。

男树　叩上　十二月十九日

---

1 鲁迅独自承担维修祖坟费用，不愿因此事与周作人夫妇发生经济纠纷。

母亲大人膝下，敬禀者：

久未得来示为念。近闻天津报上，有登男生脑炎症者，全系谣言，请勿念为要。害马亦好，惟海婴于十日前患伤风发热，即经延医诊治，现已渐愈矣。和苏[1]兄不知已动身否？至今未见其来访也。

专此布达，恭请

金安。

男树　叩上　广平及海婴随叩　〔一九三四年〕三月十五夜

---

1 和苏：即阮和孙（1880-1959），鲁迅大姨之子。

母亲大人膝下，敬禀者：

得来示，知大人亦患伤风，现已全愈，甚慰。海婴亦已复元，胃口很开了。上海本已和暖，但近几天忽又下雨发风，冷如初冬，仍非生火炉不可。惟寓中均安，可请放心。

老三亦好，只是公司〔商务印书馆〕中每日须办公八点钟，未免过于劳苦；至于寄信退回，据云系因信面上写号之故，因为公司门房仅知各人之名，此后可写书名〔学名〕，即不至收不到了。

专此布达，恭请
金安。

男树　叩　广平及海婴随叩　三月廿九夜

母亲大人膝下，敬禀者：

四月七日来信，今已收到，知京寓一切平安，甚喜甚慰。和森及子佩[1]，均未见过，想须由家中出来过上海时，始来相访了。海婴早已复元，医生在给他吃一种丸药，每日二粒，云是补剂，近日胃口极开，而终不见胖，大约如此年龄，终日玩〔顽〕皮，不肯安静，是未必能胖的了。医生又谓在今年夏天，须令常晒太阳，将皮肤晒黑，但此事须在海边或野外，沪寓则殊不便，只得临时再想方法耳。

今年此地天气极坏，几乎每日风雨，且颇冷。害马多年想看南镇及禹陵，今年亦因香市时适值天冷且雨，竟不能去，现在夜间亦尚可穿棉袄也。害马安好，男亦安，惟近日胃中略痛，此系老病，服药数天即愈，乞勿远念为要。

专此布达，恭请
金安。

男树　叩上　广平海婴随叩　四月十三日

---

1 即阮和森。子佩，即宋琳，鲁迅的学生。

母亲大人膝下，敬禀者：

四月十六日来示，早经收到。和森兄因沪地生疏，又不便耽搁，未能晤谈，真是可惜。紫佩亦尚未来过，大约在家中多留了几天。今年南方天气太冷，果菜俱迟，新笋干尚未上市，不及托紫佩带回，只能将来由邮局寄送了。男胃病先前虽不常发，但偶而作痛的时候，一年中也或有的，不过这回时日较长，经服药约一礼拜后，已渐痊愈，医言只要再服三日，便可停药矣，请勿念为要。

害马亦好。海婴则已颇健壮，身子比去年长得不少，说话亦大进步，但不肯认字，终日大声叱咤，玩耍而已。今年夏天，拟设法令晒太阳，则皮肤可以结实，冬天不致于容易受寒了。

老三亦如常，但每日作事八点钟，未免过于劳苦而已。

余容续禀。专此布达，恭请

金安。

男树　叩上　广平及海婴随叩　四月二十五日

山水人家 ／ 方本幼作

母亲大人膝下敬禀者：

四月三十日来示，顷已收到。紫佩已来过，托其带上桌布一条，枕头套二个，肥皂一盒，想已早到北平矣。男胃痛现已医好，但还在服药，医生言因吸烟太多之故，现拟逐渐少，至每日只吸十支，惟不知能否做得到耳。

害马亦安好。海婴则日见长大，每日要讲故事，脾气已与去年不同，有时亦懂道理，容易教训了。

大人想必还记得李秉中君，他近因公事在上海，见了两回，闻在南京做教练官，境况似比先前为佳矣。

余容续禀，敬请

金安。

男树　叩上　海婴及广平同叩　五月四日

母亲大人膝下敬禀者：

紫佩已早到北平，当已经见过矣。咋闻三弟说，笋干已买来，即可寄出。又，三日前曾买《金粉世家》一部十二本，又《美人恩》一部三本，皆张恨水[1]所作，分二包，由世界书局寄上，想已到，但男自己未曾看过，不知内容如何也。上海已颇温暖，寓中一切平安，请勿念为要。

专此布达，恭请
金安。

男树　叩上　广平及海婴同叩　五月十六日

---

1 张恨水（1895-1967）：安徽潜山人，通俗小说家。原名心远，恨水是笔名，取南唐李煜词《相见欢》"自是人生长恨水长东"之意。张恨水是著名章回小说家，也是鸳鸯蝴蝶派代表作家，被尊称为现代文学史上的"章回小说大家"和"通俗文学大师"第一人。代表作有《春明外史》、《金粉世家》、《啼笑因缘》、《八十一梦》、《水浒新传》。鲁迅的母亲颇爱读张恨水的作品。

母亲大人膝下，敬禀者：

五月十六日来函，早已收到。胃痛大约很与香烟有关，医生说亦如此，但减少颇不容易，拟逐渐试办，且已改吸较好之烟卷矣。至于痛，则早已全愈，停药已有两星期之久了，请勿念。害马及海婴均安好，惟海婴日见长大，自有主意，常出门外与一切人捣乱，不问大小，都去冲突，管束颇觉吃力耳。

十六日函中，并附有太太〔朱安〕来信，言可铭[1]之第二子，在上海作事，力不能堪，且多病，拟招至京寓，一面觅事，问男意见如何。可铭之子，三人均在沪，其第三子由老三荐入印刷厂中，第二子亦曾力为设法，但终无结果。男为生活计，只能漂浮于外，毫无恒产，真所谓做一日，算一日，对于自己，且不能知明日之办法，京寓离开已久，更无从知道详情及将来，所以此等事情，可请太太自行酌定，男并无意见，且亦无从有何主张也。以上乞转告为祷。

专此布达，恭请

金安。

男树　叩上　广平及海婴同叩　五月廿九日

---

1 可铭：朱鸿猷（1880-1931），字可民，浙江绍兴人，朱安之兄。

母亲大人膝下，敬禀者：

　　来信已经收到。海婴这几天不到外面去闹事了，他又到公园和乡下去。而且日见其长，但不胖，议论极多，在家时简直说个不歇。动物是不能给他玩的，他有时优待，有时则要虐待，寓中养着一匹老鼠，前几天他就用蜡烛将后脚烧坏了。至于学校，则今年拟不给他去，因为四近实无好小学，有些是骗钱的，教员虽然打扮得很时髦，却无学问；有些是教会开的，常要讲教，更为讨厌。海婴虽说是六岁，但须到本年九月底，才是十足五岁，所以不如暂且任他玩着，待到足六岁时再看罢。

　　上海从今天起，已入了梅雨天，虽然比绍兴好，但究竟也颇潮湿。一面则苍蝇蚊子，都出来了。男胃病已愈，害马亦安好，可请勿念。李秉中君在南京办事，家眷即住在南京，他自己则有时出外，因为他是在陆军里做训育事务的，所以有时要跟着走，上月见过一回，比先前胖得多了。

　　余容续禀，专此布达，恭请
金安。

男树　叩上　广平及海婴同叩　六月十三日

母亲大人膝下，敬禀者：

久不得来信了，今日上午，始收到一函，甚慰。但大人牙痛，不知已否全愈，至以为念。牙既作痛，恐怕就要摇动，一摇动，即易于拔去，故男以为俟稍凉似可与一向看惯之牙医生一商量，倘他说可保无痛，则不如拔去，另装全口假牙，不便也不过一二十天，用惯之后，即与真牙无异矣。

说到上海今年之热，真是利害，晴而无雨，已有半月以上，每日虽房内也总有九十一二至九十五六度〔约在32.7~35.5摄氏度之间〕，半夜以后，亦不过八十七八度〔约31摄氏度〕，大人睡不着，邻近的小孩，也整夜的叫。但海婴却好的，夜里虽然多醒一两次，而胃口仍开，活泼亦不减，白天仍然满身流汗的忙着玩耍。现于他的饮食衣服，皆加意小心，请释念为要。

害马亦还好；男亦如常，惟生了许多痱子，搽痱子药亦无大效，盖旋好旋生，非秋凉无法可想也。为销夏起见，在喝啤酒；王贤桢[1]小姐的家里又送男杨梅烧一坛，够吃一夏天了。

---

1 王贤桢：即王蕴如，浙江上虞人，周建人夫人。

上海报上，亦说北平大热，今得来函，始知不如报章所传之甚。而此地之炎热，则真是少见，大家都在希望下雨，然直至此刻，天上仍无片云也。

专此布复，恭请

金安。

男树　叩上　广平及海婴同叩　七月十二日

母亲大人膝下，敬禀者：

七月十六日信，早已收到。现在信上笔迹，常常不同，大约俞小姐她们[1]不大来，所以只好随时托人了罢。上海在七八天前，因有大风，凉了几日，此刻又热起来了，但时亦有雨，比先前要算好的。男因在风中睡熟，生了两天小伤风，现已痊愈。

害马海婴都好。但海婴因大起来，心思渐野，在外面玩的时候多，只在肚饥之时，才回家里，在家里亦从不静坐，连看看也吃力的。前天给他照了一张相，大约八月初头可晒〔洗〕好，那时当寄上。他又要写信给母亲，令广平照钞〔抄〕，今亦附上，内有几句上海话，已在旁边注明。

女工又换了一个，是绍兴人，年纪很大，大约可以做得较为长久；领海婴的一个则照旧，人虽固执，但从不虐待小孩，所以我们是不去回复他的。

专此，恭请

金安。

男树　叩上　七月三十日

---

1 指俞芳、俞藻姐妹，浙江绍兴人。当时俞芳是北京师范大学数学系学生，经常去鲁迅母亲家，代她给鲁迅写信。

母亲大人膝下，敬禀者：

六日的信，已收到。给海婴的信，也读给他听了，他非常高兴。他的照片，想必现在已经寄到，其实他平常是没有照片上那样的老实的。今年我们本想在夏初来看母亲，后来因为男走不开，广平又不愿男独自留在上海，牵牵扯扯，只好中止了。但将来我们总想找机会北上一次。

老三是好的，但他公司里的办公时间太长，所以颇吃力。所得的薪水，好像每月也被八道湾逼去一大半，而上海物价，每月只是贵起来，因此生活也颇窘的。不过这些事他决不肯对别人说，只有他自己知道。男现只每星期六请他吃饭并代付两个孩子的学费，此外什么都不帮，因为横竖他去献给八道湾，何苦来呢? 八道湾是永远填不满的。钦文[1]出来了，见过两回，他说以后大约没有事了。

余容续禀，恭请
金安。

男树　叩上　广平及海婴同叩　八月十二日

---

[1] 许钦文（1897-1984）：原名许绳尧，生于浙江山阴。作家。1933年8月许钦文因"组织共产"、"窝藏叛徒"罪名被捕，经鲁迅转托蔡元培营救于本年7月10日出狱。

母亲大人膝下敬禀者：

十五日来信，前日收到。张恨水们的小说，已托人去买去了，大约不出一礼拜之内，当可由书局直接寄上。

海婴的痢疾，长久不发，看来是断根了；不过容易伤风，但也是小毛病，数日即愈。今年大热，孩子大抵生病或生疮，他却只伤风了一回，此外都很好，所以，他是没有什么病的。

但他大约总不会胖起来。他每天约七点钟起身，不肯睡午觉，直至夜八点钟，就没有静一静的时候。要吃东西，要买玩具，闹个不休。客来他要陪（其实是来吃东西的），小事也要管，怎么还会胖呢。他只怕男一个人，不过在楼下闹，也仍使男不能安心看书，真是没有法子想。

上海近来又热起来，每天总在九十度〔约 32 摄氏度〕以上，夜间较凉，可以安睡。男及广平均好，三弟亦好，大约每礼拜可以见一回，并希勿念为要。

专此布复，敬请
金安。

男树　叩上　广平海婴同叩　八月二十一日

母亲大人膝下，敬禀者：

八月廿三及廿八日两信，均已收到。海婴这人，其实平常总是很顽皮的，这回照相，却显得很老实。现在已去添晒〔洗〕，下星期内可寄出，到时请转交。

小说已于前日买好，即托书店寄出，计程瞻庐[1]作的二种，张恨水作的三种，想现在当已早到了。

何小姐[2]确是男的学生，与害马同班，男在家时，她曾来过两三回，所以母亲觉得面熟。如果到上海来，我们是可以看见的，当向她道谢。近几天，上海时常下雨，所以颇为凉爽了，不过于旱灾已经无可补救，江浙乡下，确有抢米的事情。上海平安，惟米价已贵至每石〔dàn，十斗为一石〕十二元六角。男及害马海婴均安好，请勿念。

专此布达，恭请

金安。

男树　叩上　广平及海婴同叩　八月三十一日

---

1 程瞻庐（1879-1943）：名文梭，号瞻庐，江苏吴县人，小说家。

2 何小姐：指何昭容，广东人，曾是北京女子师范大学国文系学生。

水村晓雾 / 方本幼作

237

母亲大人膝下敬禀者：

来信已收到。给老三的信，亦于前日收到，当即转寄了。长连[1]所要的照相，因要寄紫佩书籍，便附在里面，托其转交大人，想不久即可收到矣。

张恨水的小说，定价虽贵，但托熟人去买，可打对折，其实是不贵的。即如此次所寄五种，一看好像要二十元，实则连邮费不过十元而已。

何小姐已到上海来，曾当面谢其送母亲东西，但那照相，却因光线不好，所以没有照好，男是原想向她讨一张的，现在竟讨不到。

上海久旱，昨夜下了一场大雨，但于伙收恐怕没什么益处了。合寓都平安如常，请勿念。

海婴也好的，他要他母亲写了一张信，今附上。他是喜欢夏天的孩子，今年如此之热，别的孩子大抵瘦落，或者生疮了，他却一点也没有什么。天气一冷，却容易伤风。现在每天很忙，专门吵闹，以及管闲事。

专此布达，恭请

金安。

　　　　　　　　　　男树　叩上　广平及海婴随叩　九月十六日

- -

1 长连：即阮善先，鲁迅的姨表侄。

母亲大人膝下敬禀者：

来信收到。秉中不肯说明地址，即因恐怕送礼之故，他日相见，当面谢之。海婴照相，系便中寄与紫佩，托其转交，并有一信。今紫佩并无信来言不收到，想必不至于遗失。近见《申报》，往郑州开国语统一会之北平代表，有紫佩名，然则他近日盖不在北平也。

海婴近来较为听话，今日为他出世五周年之生日，但作〔做〕少许小菜，大家吃了一餐，算是庆祝，并不请客也。

专此布达，恭请

金安。

男树　叩上　广平及海婴同叩　九月廿七日

母亲大人膝下，敬禀者：

十月十三日来示，已经收到，这之前的一封信，也收到的。上海出版的有些小说，内行人去买，价钱就和门市不同，譬如张恨水的小说，在世界书店本店去买是对折或六折，但贩到别处，就要卖十足了。不过书店生意，还是不好，这是因为大家都穷起来，看书的人也少了的缘故。

海婴渐大，懂得道理了，所以有些事情已经可以讲通，比先前好办，良心也还好，好客，不小气，只是有时要欺侮人，尤其是他自己的母亲，对男却较为客气。明年本该进学校了，但上海实在无好学校，所以想缓一年再说。有一封他口讲，广平写下来的信，今附呈。上海天气尚温和，男及广平均好，请勿念为要。

专此布达，恭请
金安。

男树　叩上　广平及海婴同叩　十月二十日

母亲大人膝下，敬禀者：

十月二十五日信并照相两张，均已收到，老三的一张，当于星期六交给他，因为他只在星期六夜或星期日才有闲空，会来谈天的。这张相照的很好，看起来，与男前年回家的时候，模样并无什么不同，不胜欣慰。海婴已看过，他总算第一回认识娘娘[1]了。现在他日夜顽皮，女仆的话简直不听，但男的话却比较的肯听，道理也讲得通了，不小气，不势利，性质还总算好的。现身体亦好，因为将届冬天，所以遵医生的话，在吃鱼肝油了。

上海天气尚未大冷，男及害马亦均好，请勿念。和森之女北来，母亲拟令其住在我家，可以热闹一些，男亦以为是好的。

专此布复，恭请

金安。

男树　叩上　广平及海婴同叩　十月三十日

---

1 娘娘：绍兴方言，指祖母。

母亲大人膝下，敬禀者：

来信并小包两个，均于昨日下午收到。这许多东西，海婴高兴得很，他奇怪道：娘娘怎么会认识我的呢？

老三刚在晚间来寓，即将他的一份交给他了，满载而归，他的孩子们一定很高兴的。

给海婴的外套，此刻刚刚可穿，内衬绒线衣及背心各一件；冬天衬衣一多，即太小，但明年春天还可以穿的。他的身材好像比较的高大，昨天量了一量，足有三尺了，而且是上海旧尺，倘是北京尺，就有三尺三寸。不知道底细的人，都猜他是七岁。

男因发热，躺了七八天，医生也看不出什么毛病，现在好起来了。大约是疲劳之故，和在北京与章士钊闹的时候的病一样的。卖文为活，和别的职业不同，工作的时间总不能每天一定，闲起来整天玩，一忙就夜里也不能多睡觉，而且就是不写的时候，也不免在想想，很容易疲劳的。此后也很想少做点事情，不过已有这样的一个局面，恐怕也不容易收缩，正如既是新台门周家[1]，就必须撑这样的空场面相同。至于广平海婴，都很好，并请勿念。

---

1 新台门周家：指鲁迅在绍兴东昌坊口的故居。

上海还不见很冷，火炉也未装，大约至少还可以迟半个月。

专此布达，恭请

金安。

男树　叩上　广平海婴随叩　十一月十八日

母亲大人膝下，敬禀者：

十一月二十六日来信，早已收到。男这回生了二十多天病，算是长的，但现在已经好起来了，胃口渐开，精神也恢复了不少，服药亦停止，可请勿念。害马也好的。海婴很好，因为医生说给他吃鱼肝油（清的），从一月以前起，每餐后就给他吃一点，腥气得很，而他居然也能吃。现在胖了，抱起来，重得像一块石头，我们现在才知道鱼肝油有这样的力量，但麦精鱼肝油及男在北平时所吃的那一种，却似乎没有这么有力。

他现在整天的玩，从早上到睡觉，没有休息，但比以前听话。外套稍小，但明年春天还可以穿一回，以后当给与老三的孩子，他们目下还用不着，大的穿起来太小，小的穿又太大。

上海总算是冷了，寓中已装火炉，昨晚生了火，热得睡不着，可见南边虽说是冷，总还暖和，和北方是比不来的。

专此布达，恭请
金安。

男树　叩上　广平海婴随叩　十二月六日

母亲大人膝下，敬禀者：

海婴要写信给母亲，由广平写出，今寄上。话是嘴里讲的，夹着一点上海话，已由男在字旁译注，可以懂了。他现在胖得圆圆的，比先前听话，这几天最得意的有三件事，一，是亦能陪客（*其实是来捣乱*），二是自来水龙头要修的时候，他认识工人的住处，能去叫来，三是刻了一块印章。在信后面说的就是。但字却不大愿意认，说是每天认字，也不确的。

母亲寄给我们的照相，现已配好镜框，挂在房中，和三年前见面的时候，并不两样，而且样子很自然，要算照得最好的了。男病已愈，胃口亦渐开；广平亦好，请勿念为要。

专此布达，恭请
金安。

男树　叩上　广平海婴随叩　十二月十六日

小渡无人 / 方本幼作

母亲大人膝下敬禀者：

去年十二月二十日的信，早经收到。现在是总算过了年三天了，上海情形，一切如常，只倒了几家老店；阴历年关，恐怕是更不容易过的。男已复原，可请勿念。散拿吐瑾未吃，因此药现已不甚通行，现在所吃的是麦精鱼肚油之一种，亦尚有效。至于海婴所吃，系纯鱼肝油，颇腥气，但他却毫不要紧。

去年年底，给他照了一个相，不久即可去取，倘照得好，不必重照，则当寄上。元旦又称了一称，连衣服共重四十一磅，合中国十六两称〔秤〕三十斤十二两，也不算轻了。他现在颇听话，每天也有时教他认几个字，但脾气颇大，受软不受硬，所以骂是不大有用的。我们也不大去骂他，不过缠绕起来的时候，却真使人烦厌。

上海天气仍不甚冷，今天已是阴历十二月初一了，有雨，而未下雪。今年一月，老三那里只放了两天假，昨天就又须办公了。害马亦好，并请放心。

专此布达，恭请
金安。

男树　叩上　广平海婴同叩　〔一九三五年〕一月四日

母亲大人膝下，敬禀者：

日前寄上海婴照片一张，想已收到。小包一个，今天收到了。酱鸭酱肉，略起白花，蒸过之后，味仍不坏，只有鸡腰是全不能吃了。其余的东西，都好的。下午已分了一份给老三去。但其中的一种粉，无人认识，亦不知吃法，下次信中，乞示知。

上海一向很暖，昨天发风，才冷了起来，但房中亦尚有五十余度。寓内大小俱安，请勿念为要。

海婴有几句话，写在另一张纸上，今附呈。

专此布达，恭请

金安。

男树　叩上　广平及海婴同叩　一月十六日

母亲大人膝下，敬禀者：

来信收到。

俞二小姐[1]如果能够送来，那是最好不过的了，总比别的便人可靠。但火车必须坐卧车；动身后打一电报，我们可以到车站去接。以上二事，当另函托紫佩兄办理。

寓中均安，男亦安好，不过稍稍忙些。海婴也很好，大家都说他大得快；今天又给他种了一回牛痘，是第二回了。

专此布复，恭请
金安。

男树　叩上　广平及海婴随叩　三月一日

---

1 即俞芳。鲁迅母亲原拟去上海，由她陪伴。后未成行。

母亲大人膝下，敬禀者：

上午刚寄出一函，午后即得二月二十五日来示，备悉一切。男的意思，以为女仆还是不带，因为南北习惯不同，彼此话也听不懂，不见得有什么用处，而且闲暇的时候，和这里的用人闲谈，一知半解，说不定倒会引出麻烦的事情来的。余已详前函，兹不赘。

专此布复，恭请
金安。

男树　叩上　三月一日下午

母亲大人膝下，敬禀者：

廿三的信，早收到了。小包一个，亦于前日收到，当即分出一半，送与老三。其中的干菜，非常好吃，孩子们都很爱吃，因为他们是从来没有吃过这样干菜的。

大人的胃病，近来不知如何，万乞千万小心调养为要。寓中均好，惟男较忙，前给海婴种了四粒痘，都没有灌浆，医生云，可以不管，至十岁再种了。

专此布达，恭请
金安。

男树　叩上　广平海婴同叩　三月三十一日

母亲大人膝下敬禀者：

四月廿四日来示，已经收到，第二次所寄小包，也早收到了。上海报载廿六日起，北平大风，未知寓中如何，甚以为念。大人胃病初愈，尚无力气，尚希加意静养为要。上海天气变不甚顺，近来已晴，想可向暖。寓中均安，海婴亦好，可请释念。男身体尚好，但因琐事不少，故不免稍忙，时亦觉得无力耳，但有些文章，为朋友及生计关系，亦不能不做也。

专此布达，恭请
金安。

男树　叩上　广平及海婴同叩　四月三十日

母亲大人膝下敬禀者：

七月六日及十日（紫佩代写）两信，均已收到。北平匪警，阅上海报，知有一弹落京畿道〔门，位于朝鲜半岛中西部〕，此地离我家不远，幸未爆炸，否则虽决不至于波及，然必闻其声矣。次日即平，大人亦未受惊，闻之甚慰。

上海刚刚出梅〔雨〕，即连日大热，今日正午，室中竟至九十五度〔35 摄氏度〕，街上当在百度〔约 38 摄氏度〕以上，寓中均安，但大家都生痱子而已，请勿念。

男仍安好，但因颇忙，故亦难得工夫休息，此乃靠笔墨为生者必然之情形，亦无法可想。害马则自从到上海以来，未曾生过病，可谓能干也。

海婴亦健，他每到夏天，大抵壮健的，虽然终日遍身流汗，仍然嬉戏不停。现每日上午，令裸体晒太阳约一点钟，余则任其自由玩耍。近来想买脚踏车，未曾买给；不肯认字，今秋或当令入学校，亦未可知，至九月底即满六岁，在家颇吵闹也。

老三亦好，并希勿念。十日信也已给他看过了。

专此布达，恭请
金安。

男树　叩上　广平海婴同叩　七月十七日

母亲大人膝下，敬禀者：

八月十日来信，早已收到，写给海婴的信，也收到了。

上海天气已渐凉，夜间可盖夹被，男痱子已愈，而仍颇忙，但身体尚好；害马亦好，均可请释念。

海婴亦好，但变成瘦长了。从二十日起，已将他送进幼稚园去，地址很近，每日关他半天，使家中可以清静一点而已。直到现在，他每天都很愿意去，还未赖学也。

专此布达，恭请
金安。

男树　叩上　广平及海婴同叩　八月卅一日

母亲大人膝下敬禀者：

十月十一日来信，早已收到，藉知大人一切安好，甚慰。上海寓中亦均安好，但因忙于翻译，且亦并无要事，所以不常寄信。

海婴亦好，他只是长起来，却不胖。已上幼稚园，但有时也要赖学，有时却急于要去；爱穿洋服，与男之衣服随便者不同。今天，下门牙活动，要换牙齿了。

上海晴天尚暖，阴天则夹袄已觉不够，市面景象，年不如年，和男初到时大两样了。

专此布复，恭叩
金安。

男树　叩　广平及海婴随叩　十月十八日

母亲大人膝下，敬禀者：

十一月十一日来信，顷已收到，前回的一封，也早收到了。牙痛近来不知如何？倘常痛，恐怕只好拔去，不过假牙无法可装，却很不便，只能专吃很软的食物了。

海婴很好，每天上幼稚园去，不大赖学了。他比夏天胖了一点，虽然还要算瘦，却很长，刚满六岁，别人都猜他是八九岁，他是细长的手和脚，像他母亲的。今年总在吃鱼肝油，没有间断过。

他什么事情都想模仿我，用我来做比，只有衣服不肯学我的随便，爱漂亮，要穿洋服了。

近来此地颇多谣言[1]，纷纷迁避，其实大抵是无根之谈，所以我们仍旧不动，也极平安，务请勿念。也常有关于北平和天津的谣言，关切的朋友，至于半夜敲门来通报，到第二天一打听，才知道也是误传的。

害马及男都好的，亦请勿念。

专此布复，敬请

金安。

男树　叩上　广平及海婴同叩　十一月十五日

----

1 1935年11月9日，日本驻沪水兵中山秀雄被暗杀，日本侵略者遂借此滋事，一时间盛传日本军即将进攻上海。

母亲大人膝下，敬禀者：

十一月十五日信，已早到，果脯等一大包，也收到了。已将一部份分给三弟。

上海近来已较平静，寓中都好的。海婴仍上幼稚园，但原有十五个同学，现在已只剩了七个了。他已认得一百多个字，就想写信，附上一笺，其中有几个歪歪斜斜的字，就是他写的。

今天晚报上又载着天津不平静，想北平不至于受影响。至于物价飞涨，那是南北一样，上海的物价，比半月前就贵了三成了。

专此布达，恭请
金安。

男树　叩上　广平海婴同叩　十一月二十六日

母亲大人膝下敬禀者：

收到小包后，即复一信，想已到。十六日来示，今已收到矣。

大人牙已拔去，又并不痛，甚好，其实时时要痛，原不如拔去为佳，惟此后食物，务乞多吃柔软之物，以免胃不消化为要。后园之树，想起来亦无甚可种，因为地土原系炉灰所填，所以不合于种树。白杨易于种植，尚且不能保存，似乎可以不必补种了。

海婴仍然每日往幼稚园，尚听话。新的下门牙两枚，已经出来，昨已往牙医处将旧牙拔去。

上海已颇冷，寓中于昨已生火炉。男及害马均安好，务请勿念。

专此布达，恭请

金安。

男树　叩上　广平及海婴同叩　十二月四日

母亲大人膝下，敬禀者：

十七日手谕，已经收到，备悉一切。上海近来尚称平静，不过市面日见萧条，店铺常常倒闭，和先前也大不相同了。寓中一切平安，请勿念。海婴也很好，比夏天胖了一些，现仍每天往幼稚园，已认得一百多字，虽更加懂事，但也刁钻古怪起来了。男的朋友，常常送他玩具，比起我们的孩子时代来，真是阔气得多，但因此他也不大爱惜，常将玩具拆破了。

一礼拜前，给他照了一张相，两三天内可以去取。取来之后，当寄奉。

由前一信，知和森哥也在北京，想必仍住在我家附近，见时请为男道候。他的孩子，想起来已有十多岁了，男拟送他两本童话，当同海婴的照片，一并寄回，收到后请转交。老三因闸北多谣言，搬了房了，离男寓很远，但每礼拜总大约可以见一次。他近来身体似尚好，不过极忙，而且窘，好像八道湾方面，逼钱颇凶也。

专此布达，恭请
金安。

男树　叩上　广平海婴同叩　十二月二十一日

母亲大人膝下，敬禀者：

一月四日来信，前日收到了。孩子的照相，还是去年十二月廿三寄出的，竟还未到，可谓迟慢。不知现在已到否，殊念。

酱鸡及卤瓜等一大箱，今日收到，当分一份出来，明日送与老三去。

海婴是够活泼的了，他在家里每天总要闯一两场祸，阴历年底，幼稚园要放两礼拜假，家里的人都在发愁。但有时是肯听话，也讲道理的，所以近一年来，不但不挨打，也不大挨骂了。他只怕男一个人，但又说，男打起来，声音虽然响，却不痛的。

上海只下过极小的雪，并不比去年冷，寓里却已经生下火炉了。海婴胖了许多，比去年夏天又长了一寸光景。男及害马亦均好，请勿念。

紫佩生日，当由男从上海送礼去，家里可以不必管了。

专此布达，恭请

金安。

男树　叩上　广平及海婴同叩　〔一九三六年〕一月八日

东湖陶社 / 方本幼作

母亲大人膝下，敬禀者：

一月十三日信，早收到。海婴已放假，在家里玩，这一两天，还不算大闹。但他考了一个第一，好像小孩子也要摆阔，竟说来说去，附上一笺，上半是他自己写的，也说着这件事，今附上。他大约已认识了二百字，曾对男说，你如果字写不出来了，只要问我就是。

丈量家屋的事，大约不过要一些钱而已，已函托紫佩了。

上海这几天颇冷，大有过年景象，这里也还是阴历十二月底像过年。寓中只买一点食物，大家吃吃。男及害马与海婴均好，请勿念。

善先[1]很会写了，但男所记得的，却还是一个小孩子。他的回信，稍暇再写。

专此布达，恭请
金安。

男树　叩上　一月二十一日

---

1 即阮善先（1919-2008），又名长连，浙江绍兴人。他是鲁迅的姨表侄，深得鲁迅关爱。

母亲大人膝下，敬禀者：

一月二十七日来信，昨已收到。关于房屋，已函托紫佩了，但至今未有回信，不知何故。昨天寄去十元，算是做他五十岁的寿礼，男出外的时候多，事情都不大清楚了，先前还以为紫佩不过四十上下呢。就是善先，在心目中总只记得他是一个十一二岁的小孩子，像七年前男回家时所见的样子，然而已经十八岁了，这真无怪男的头发要花白了。一切朋友和同学，孩子都已二十岁上下，海婴每一看见，知道他是男的朋友的儿子，便奇怪的问道：他为什么会这样大呢？

今天寄出书三本，是送与善先的，收到后请转交。但不知邮寄书籍，是由邮差送到，还〔是〕须自己去取，有无不便之处，请便中示知。倘有不便，当另设法。

上海并不甚冷，只下过一回微雪，当夜消化了，现已正月底，大约不会再下。男及害马均好，海婴亦好，整日在家里闯祸，不是嚷吵，就是敲破东西，幸而再一礼拜，幼稚园也要开学了，要不然，真是不得了。

专此布达，恭请
金安。

男树　叩上　广平海婴同叩　二月一日

母亲大人膝下，敬禀者：

有答善先的一封信附上，请便中转交。上海这几天暖起来了，我们都很好，男仍忙，但身体却好，可请勿念。

海婴已上学，不过近地的幼稚园，因为学生少，似乎未免模模糊糊，不大认真。秋天也许要另换地方的。

紫佩生日，送了十元礼，他写信来客气了一通。

余容后禀，专此，恭请

金安。

男树　叩上　广平海婴同叩　二月十五日

母亲大人膝下敬禀者：

多日不写信了，想身体康健，为念。

上海天气，仍甚寒冷，须穿棉衣。上月底男因出外受寒，突患气喘，至于不能支持，幸医生已到，急注射一针，始渐平复，后卧床三日，始能起身，现已可称复元，但稍无力，可请勿念。至于气喘之病，一向未有，此是第一次，将来是否不至于复发，现在尚不可知也，大约小心寒暖，则可以无虑耳。

害马伤风了几天，现已愈。海婴则甚好，胖了起来。但幼稚园中教师，则懒惰而不甚会教，远逊去年矣。

和森兄有信来，云回信可付善先，令他转寄，今附上，请便中交给他。

专此布达，恭请

金安。

男树　叩上　广平海婴随叩　三月二十日

母亲大人膝下敬禀者：

三月二十六日来示，顷已收到。男总算已经复元，至于能否不再复发，此刻却难豫〔预〕料。现已做了丝棉袍一件 [1]，且每日喝一种茶，是广东出品，云可医咳，似颇有效，近来咳嗽确是很少了。惟写字作文，仍未能减少，因为以此为活，总不免有许多相关的事情。

海婴学校仍未换，因为邻近也没有较好的学校。但他身体很好，很长，在同学中，要高出一个头。也比先前听话，懂得道理了。先前有男的朋友送他一辆三轮脚踏车，早已骑破，现在正在闹着要买两轮的，大约春假一到，又非报效他十多块钱不可了。害马亦好，可请勿念。

专此布达，恭请

金安。

男树　叩上　广平及海婴同叩　四月一日

---

1 据许广平回忆，当时因鲁迅极为瘦弱，经不起重压，特地为他做了这件比较轻的棕色丝绵长袍，但鲁迅舍不得穿，没穿几次，鲁迅去世后，这件长袍成了他裹尸的衣服。

266

母亲大人膝下，敬禀者：

五月二日来示，昨已收到。丈量的事，既经办妥，总算了了一件事。

海婴很好，每日上学，不大赖学了，但新添了一样花头，是礼拜天要看电影；冬天胖了一下，近来又瘦长起来了。大约孩子是春天长起来，长的时候，就要瘦的。

男早已复原，不过仍是忙；害马亦好，可请勿念。上海虽无须火炉，但仍是冷，夜里可穿棉袄，这是今年特别的。

专此布复，恭请
金安。

　　　　　　　　　　男树　叩上　广平海婴同叩　五月七日

母亲大人膝下敬禀者：

不寄信件，已将两月了，其间曾托老三代陈大略，闻早已达览。男自五月十六日起，突然发热，加以气喘，从此日见沈〔沉〕重，至月底，颇近危险，幸一二日后，即见转机，而发热终不退。到七月初，乃用透物电光[1]照视肺部，始知男盖从少年时即有肺病，至少曾发病两次，又曾生重症肋膜炎一次，现肋膜变厚，至于不通电光，但当时竟并不医治，且不自知其重病而自然全愈者，盖身体底子极好之故也。现今年老，体力已衰，故旧病一发，遂竟缠绵至此。

近日病状，几乎退尽，胃口早已复元，脸色亦早恢复，惟每日仍发微热，但不高，则凡生肺病的人，无不如此，医生每日来注射，据云数日后即可不发，而且再过两星期，也可以停止吃药了。所以病已向愈，万请勿念为要。

海婴已以第一名在幼稚园毕业，其实亦不过"山中无好汉猢狲称霸王"而已。

专此布达，恭请
金安。

男树　叩上　广平海婴同叩　七月六日

---

1 即X光。

母亲大人膝下敬禀者：

来信收到，给老三的孩子的信，亦早已转交。

男病比先前已好得多，但有时总还有微热，一时离不开医生，所以虽想转地疗养一两月，现在也还不能去。到下月初，也许可以走了。

海婴安好，瘦长了，生一点疮。仍在大陆小学，进一年级，已开学。学校办得并不好，贪图近便，关关而已。照相当俟秋凉，成后寄上。

何小姐我看是并不会照相的，不过在练习，照不好的，就是晒〔洗〕出来，也一定不高明。

马理[1]早到上海，老三寓中有外姓同住（**上海居民，一家能独赁一宅的不多**），不大便当，就在男寓中住了几天，现在搬到她朋友家里去了（**姓陶的，也许是先生**），不久还要来住几天也说不定。但这事不可给八道湾知道，否则，又有大罪的。

害马上月生胃病，看了一回医生，吃四天药，好了。

专此布达，恭请

金安。

男树　叩上　广平海婴同叩　八月廿五日

---

1 马理：即周鞠子（1917-1976），又名晨，周建人之女。

母亲大人膝下，敬禀者：

八月三十日信收到。男确是吐了几十口血，但不过是痰中带血，不到一天，就由医生用药止住了。男所生的病，报上虽说是神经衰弱，其实不是，而是肺病，且已经生了二三十年，被八道湾赶出[1]后的一回，和章士钊闹后的一回，躺倒过的，就都是这病，但那时年富力强，不久医好了。男自己也不喜欢多讲，令人担心，所以很少人知道。初到上海后，也发过一回，今年是第四回，大约因为年纪大了之故罢，一直医了三个月，还没有能够停药，因此也未能离开医生，所以今年不能到别处去休养了。

肺病是不会断根的病，全（痊）愈是不能的，但四十以上人，却无性命危险，况且一发即医，不要紧的，请放心为要。

马理已考过，取否尚未可知。她还是孩子脾气，看得上海很新鲜。但据男看来，她的先生（北平教过的）和朋友都颇滑，恐怕未必能给她帮助，到紧要时，都托故溜开了。

害马胃已医好。海婴亦好，仍上大陆小学。

专此布复，恭请

金安。

男树　叩上　广平海婴同叩　九月三夜

---

1 被八道湾赶出：1923年8月，鲁迅与周作人不欢而散，由八道湾迁居砖塔胡同。

母亲大人膝下，敬禀者：

九月八日来信，早已收到。男近日情形，比先前又好一点，脸上的样子，已经恢复了病前的状态了，但有时还要发低热，所以仍在注射。大约再过一星期，就停下来看一看。海婴仍在原地方读书，夏天头上生了几个小疮，现在好了，前天玻璃割破了手，鲜血淋漓，今天又好了。他同玛利 [1] 很要好，因为他一向是喜欢客人，爱热闹的，平常也时时口出怨言，说没有兄弟姊妹，只生他一个，冷静得很。见了玛利，他很高兴，但被他粘缠起来的时候，我看实在也讨厌之至。

北京今年这样热，真是意料不到的事。上海还不算大热，现在凉了，而太阳出时，仍可穿单衣。害马甚好，请勿念。

专此布达，恭请

金安。

男树　叩上　广平暨海婴同叩　九月二十二日

---

1 玛利：即马理，周建人之女。

致母亲 [1]

　　上海前几日发飓风，水也确
寓所，因地势较高，所以毫无
。此后连阴数日，至前日始
，入夜即非夹袄加绒绳背心
来，确已老练不少，知道的事
的担子，男有时不懂，而他却十
吵闹，幼稚园则云因先生不
往乡下去玩，寻几个乡下小
稍得安静，写几句文章耳。
亦安好如常，请勿念为要。

　　随叩〔一九三三年〕九月二十九日

---

1 此信原件残缺。

致周作人信

周作人（1885-1967）

　　他是鲁迅的同胞兄弟，同时也是中国最好的散文大师。年轻时，他与鲁迅共同留学日本，回国后，先后在绍兴和北大做教授。

　　1923年7月，因受日本妻子挑拨离间，他与鲁迅失和反目，此后两人再无团聚，他对鲁迅评价不好，常常在报上以文章讥讽兄长。直到晚年，鲁迅离世了，他才真正了解了鲁迅对他的深厚感情，并开始向世人介绍鲁迅，并撰写鲁迅回忆录。计有《鲁迅的故家》、《鲁迅小说里的人物》、《鲁迅的青年时代》三卷。

　　1937年，日军侵华，北京大学撤离北平，他没有同行。受校长蒋梦麟的委托看守校产，成为四名"留平教授"之一（另外3位留守的教授是孟森、马裕藻、冯祖荀）。他一生并未出任傀儡政权的任何行政职务，他先是应胡适主持的文化基金编译委员会委托，在家翻译英文和古希腊文稿件，直到文化基金编译委员会辗转搬到香港。1938年9月起至燕京大学（美国基督教背景）国文系，每周授课6小时，客座教授职称。

　　但日本人被赶走后，却被国民党判汉奸罪入狱。文革中，又被打成右派，受尽凌辱而死，死时身边孤寂无人，是年83岁。

二弟览：

十五所寄函已到。家事殊无善法，房子亦未有，且俟汝到京再议。《沙漠里之三梦》[1]本拟写与李守常[2]，然偶校原书，似问答中有两条未译，不知何故。此亦止能俟到京后写与尹默[3]矣。

丸善[4]之代金引换〔货到付款〕小包已到，计二包，均于今日取出。《欧洲文学之ベリオドス》〔《欧洲文学的各时期》〕计十一本，所阙〔缺〕者为第十二本（The Later19 センチユーリー〔《十九世纪的后期》〕）。不知尚未出板〔版〕，抑丸善偶无之，可就近问讯，或补买旧书。又书上写明每本 5s net[5]，而丸善每本乃取四圆〔元〕十五钱，亦相差太远，似可以质问之也。今将其帐附上，又结算书一件亦附上，记汝曾言当亲向彼店清算也。见上海告白[6]，《新青年》二号已出，但我尚未取得，已函托爬翁[7]矣。大学无甚事，新旧冲突事，

1 即《沙漠间的三个梦》。短篇小说，南非小说家旭莱纳（1855-1920）作，周作人译。
2 李守常：即李大钊（1889-1927）。
3 即沈尹默。
4 丸善：日本一家以进口欧美书籍、杂志为主的会社。
5 5s net：实价五先令。
6 指1919年4月15日上海《时报》所载《新青年》第六卷第二号的出版广告。
7 爬翁：指钱玄同。

已见于路透电，大有化为"世界的"之意。闻电文系节述世与禽男[1]函文，断语则云：可见大学有与时俱进之意，与从前之专任アルトス吐デント〔老学究〕办事者不同云云。似颇"阿世"也。

博文馆所出《西洋文艺丛书》，有ズーデルマン〔苏德曼，德国剧作家，小说家〕所著之《罪》一本，我想看看，汝回时如从汽船，则行李当不嫌略重，望买一本来。

此外无甚事，我当不必再寄信于东京。汝何时从东京出发，望定后函知也。

兄树　上　四月十九日夜

安特来夫之《七死刑囚物语》日译本如尚可得，望买一本来，勿忘为要。

二十日又及

汝前函言到上海后当与我一信，而此信至今未到也。

〔一九一九年〕　二十一日晨

---

1 世：指蔡元培。禽男：琴南的谐音，即林纾（1852-1924），字琴南，号畏庐，福建闽县（今福州）人。

二弟览：

昨得来信了。所要的书，当于便中带上。

母亲已愈。芳子殿¹今日上午已出院；土步君²已断乳，竟亦不吵闹，此公亦一英雄也。ハゲ公〔疑指周作人长子丰一〕昨请山本诊过，据云不像伤风（只是平常之咳），然念の爲メ〔为慎重起见〕，明日再看一回便可，大约星期日当可复来山中矣。

近见《时报》告白³，有邹垱之《周金文存》卷五六皆出版，又《广仓砖录》中下卷亦出版，然则《艺术丛编》盖当赋《关雎》之次章矣，以上二书，当于便中得之。

汝身体何如，为念，示及。我已译完《右卫门の最期》〔《三浦右卫门的最后》〕，但跋未作，蚊子乱咬，不易静落也。夏目⁴决译

---

1 芳子殿：芳子，即羽太芳子（1897—1964），羽太信子之妹，周建人妻，后离婚。殿，日语敬称。

2 土步：周建人次子。君，日语敬称。

3 《时报》告白：指1921年6月6日上海《时报》所载《周金文存》、《广仓砖录》的出版广告。

4 即夏目漱石（1867—1916），日本小说家。《永日物语》是他的小说集。物语，日语指小说、故事之类。

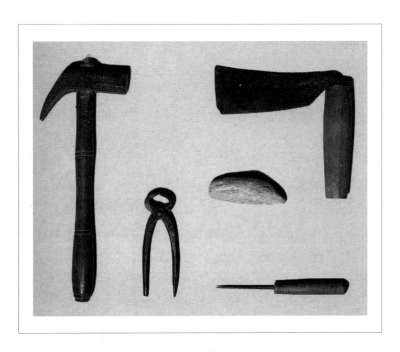

鲁迅整修书籍的工具

《一夜》,《梦十夜》太长，其《永日物语》中或可选取，我以为《ク
レイゲ先生》〔《克莱喀先生》〕一篇尚可也。

电话已装好矣。其号为西局二八二六也。

兄树 〔一九二一年〕 六月卅日

二弟览：

　　Karásek〔约瑟夫·凯拉绥克，捷克作家〕的《斯拉夫文学史》，将窠罗泼泥子街〔通译科诺普尼茨卡，波兰女作家〕收入诗人中，竟于小说全不提起，现在直译寄上，可修改酌用之，末尾说到"物语"，大约便包括小说在内者乎？这所谓"物语"，原是Erzählung，不能译作小说，其意思只是"说话""说说谈谈"，我想译作"叙述"，或"叙事"，似较好也。精神（Geist）似可译作"人物"。

　　《时事新报》有某君（忘其名）一文，大骂自然主义而欣幸中国已有象征主义作品之发生。然而他之所谓象征作品者，曰冰心女士的《超人》，《月光》，叶圣陶的《低能儿》，许地山的《命命鸟》之类，这真教人不知所云，痛杀我辈者也。我本也想抗议，既而思之则"何必"，所以大约作罢耳。

　　大学编译处由我以信并印花送去，而彼但批云"不代转"云云，并不开封，看我如何的说，殊为不届〔不周到〕。我想直接寄究不妥。不妨暂时阁起，待后再说，因为以前之印花税亦未取，何必为"商贾"忙碌乎。然而"商贾"追索，大约仍向该处，该处倘再有信来，则我当大骂之耳。

280

我想汪公¹之诗，汝可略一动笔，由我寄还，以了一件事。

由世界语译之波兰小说四篇，是否我收全而看过，便寄雁冰乎？信并什曼斯キ小说〔波兰作家什曼斯基的《犹太人》〕已收到，与德文本略一校，则三种互有增损，而德译与世界语译相同之处较多，则某姑娘之不甚可靠确矣。德译者 S.Lopuszánski〔洛普商斯奇〕，名字如此难拼，为作者之同乡无疑，其对于原语必不至于误解也。惜该书无序，所以关于作者之事，只在《斯拉夫文学史》中有五六行，稍缓译寄。来信有做体操之说，而我当时未闻，故以电话问之，得长井²答云：先生未言做伸舷伸开之体操，只须每日早昼晚散步三次（我想昼太热，两次也好了），而散步之程度，逐渐加深，而以不ツカレル〔疲劳〕为度。又每日早晨，须行深呼吸数，不限次。以不ツカレル〔疲劳〕为度，此很要紧。至于对面有疑似肺病之人，则于此间无妨，但若神经ノ ハイ〔心理作用〕，觉得可厌，则不近其窗下可也（此节我并不问，系彼自言）云云。汝之所谓体操，未知是否即长井之所谓深呼吸耶，写出备考。

树　上　十三夜

1 汪公：指汪静之（1902–1996），安徽绩溪人，诗人。1921年夏，他曾将诗稿《蕙的风》寄周作人求教。
2 长井：当时山本医院的医护人员。先生：指日本医生山本忠孝。

Dr.Josef Karásek〔约瑟夫·凯拉绥克博士〕：

《Slavische Literaturgeschichte》，Ⅱ Teil，§ 16.〔《斯拉夫文学史》第二卷第十六节〕《最新的波兰的诗》（Asnyk〔亚斯尼克〕，Konopnicka〔科诺普尼茨卡〕.）Mária Konopnicka（1846）在许多的点上，是哲学的，对于クテシク〔古典〕典雅世界有着特爱的一个确实的男性的精神（Geist），略与 Asnyk〔亚斯尼克〕相同。后一事伊识之于伊〔意〕大利和希腊，而于古式（Antik 形式）中赋以生命，伊又如 Asnyk〔亚斯尼克〕，是一个缜密的体式和响亮的言辞的好手（Meisterin），此外则倘伊高呼"祖国"以及到了雄辩的语调的时候，其奋发也近于波希米亚的女诗人 Krásnohorská〔克拉斯诺霍尔斯卡，捷克女诗人〕。

Konopnicka〔科诺普尼茨卡〕是"女人的苦楚和哀愁"的诗人，计其功绩，是在"用了民族的神祠（Nationale Pantheon）——饶富其民众"。伊以叙述移住民生活的，尚未完成的叙事诗（Eypopöe）《在巴西之 Balzar 氏》〔《巴尔采尔先生在巴西》〕，引起颇大的惊异来。伊又于运用历史的大人物如 Moses〔摩西〕，Hus〔胡斯〕，Galileo〔伽利略〕等时，证明其宽博活泼的境地。形成伊"诗的认识"的高点者，为"断片"中的"Credo"〔信条〕。在伊的国人的区别上，则 Konopnicka 于斯拉夫世界最有兴趣，而尤在 Ceche〔捷克〕，Kroate〔克罗地〕，Slovene〔斯洛文尼〕，并且喜欢译那些的诗歌（特于 Vrchlicky〔符尔列支奇，捷克作家〕——伊虽然也选译过 Hamerling〔哈美林，奥地利作家〕，Heyse〔海塞，德国作家〕和 Ackermann〔阿克曼，法国女诗人〕的集）；至于物语，则伊在 Görz〔意大利城市〕的旅行记载中，是特抱了对于南斯拉夫的特爱而作的。但

Konopnicka〔科诺普尼茨卡〕也识得诺尔曼的海岸，诗人之外又为动人的物语家，也做文学的论说和 Essay〔随笔〕，虽然多为主观的，却思索记述得都奇特。伊的文学的祝典，不独在波兰，却在波希米亚也行庆祝，那里是 Konopnicka 的诗歌，已由翻译而分明入籍的了。

二弟览：

《犹太人》略抄好了，今带上，只不过带上，你大约无拜读之必要，可以原车带回的。作者的事实，只有《斯拉夫文学史》中的几行（且无诞生年代），别纸抄上；其小说集中无序。

这篇跋语，我想只能由你出名去做了。因为如此三四校，老三似乎尚无此大作为。请你校世界语译，是狠〔很〕近理的。请我校德译，未免太巧。如你出名，则可云用信托我，我造了一段假回信，录在别纸，或录入或摘用就好了。

德译虽亦有删略，然比英世本似精神得多，至于英世不同的句子，德亦往往不与英世同，而较为易解，大约该一句原文本不易懂，而某女士与巴博士因各以意为之也。

树　上　七月十六日夜

抄跋之格子和白纸附上。

Dr.Josef Karásek〔约瑟夫·凯拉绥克博士〕《斯拉夫文学史》
п. § 17. 最新的波兰的散文。

Adam Szymanski〔波兰作家什曼斯基〕也经历过送往西伯利亚

的流人的运命，是一个身在异地而向祖国竭尽渴仰的，抒情的精灵（人物）。从他那描写流人和严酷的极北的自然相抗争的物语（叙事，小说）中，每飘出深沉的哀痛。他并非多作的文人，但是每一个他的著作事业的果实，在波兰却用了多大的同情而领受的。

所寄译稿，已用 S.Lopuszánski〔洛普商斯奇〕之德译本对比一过，似各本皆略有删节，今互相补凑，或较近于足本矣。……德译本在 Deva Roman-Sammlung〔《德意志出版社小说丛书》〕中，亦以消闲为目的，而非注重研究之书，惟因译者亦波兰人，知原文较深，故胜于英译及世界语译本处颇不少，今皆据以改正；此外单字之不同者尚多，既以英译为主则不复一一改易也 *。

*即就开首数叶〔页〕而言：如英译之在半冰冻的土地里此作在冰硬的土地里；陈放着 B 的死尸此作躺着 B 的渣（躯壳）；被雪洗濯的 B 的面貌此除去积雪之后的 B 的面貌；霜雪依然极严冽此作霜雪更其严冽了；如可怜的小狗此作如可怜的小动物……

二弟览：

　　《一茶》已寄出。波兰小说酬金已送支票来，计三十元；老三之两篇（ソロゲーブ〔梭罗古勃，俄国作家〕及犹太人）为五十元，此次共用作医费。有宫竹心[1]者寄信来，今附上。此人似尚非伪，我以为《域外小说集》及《欧文史》似可送与一册（《域》甚多，《欧》则书屋中有二本，不知此外尚有不要者否），此外借亦不便，或断之，如何希酌，如由我复，则将原信寄回。

　　丛文阁已印行エロシエンコ〔爱罗先珂〕之小说集《夜アケ前ノ歌》〔《天明前的歌》〕，拟与《貘ノ舌》〔《貘之舌》〕共注文，不知以丸善为宜，抑不如天津之东京堂乎？又如决定某处，则应先寄钱抑〔以〕便代金引换〔货到付款〕耶？

树　七月廿七日灯下

---

1 宫竹心（1899-1966）：笔名白羽，山东人。擅长写武侠小说。

二弟览：

今日得信并译稿一篇。孙公〔孙伏园〕因家有电报来云母病，昨天回去了；据云多则半月便来北京。他虽云稿可以照常寄，但我想不如俟他来后再寄罢。

好在《晨报》之款并不急，前回雉鸡烧烤费[1]，也已经花去，现在我辈文章既可卖钱，则赋还之机会多多也矣。

潘公[2]的《风雨之下》实在不好，而尤在阿塞之开通，已为改去不少，俟孙公来京后交与，请以"情面"登之。《小说月报》拟稍迟寄与，因季黻要借看也。

关于哀禾[3]者，《或外小说集》附录如次：

哀禾本名勃罗佛尔德（Brofeldt），一八六一年生于列塞尔密（Lisalmi，**芬兰的内地**），今尚存，为芬兰近代文人之冠。一八九一年游法国，归而作《孤独》一卷，为写实派大著，又《木片集》一卷，皆小品。

---

1 雉鸡烧烤费：指周作人所译日本佐藤春夫小说《雉鸡的烧烤》所得的稿费。
2 潘公：指潘垂统，浙江余姚人，文学研究会成员。
3 哀禾：通译阿霍（1861–1921），芬兰作家。

关于这文的议论，容日内译上，因为须翻字典，而现在我项尚硬也。

土步已好，大约日内可以退院了。

《小说月报》也无甚好东西。百里[1]的译文，短如羊尾，何其徒占一名也。

此间日日大雨，想山中亦然。其实北京夏天，本应如此，但前两年却少雨耳。

树　上　七月卅一日

寄上《文艺复兴史》，《东方》各一本；又红毛书三本[2]。

Ernst Brausewetter《北方名家小说》（Nordische Meisternovellen）中论哀禾的前几段：

芬兰近代诗的最重要最特别的趋向之一，是影响于芬兰人民的欧洲文明生活的潮流的反映，这事少有一个诗人，深深的搅住而且富于诗致的展布开来，能如站在他祖国的精神的运动中间，为《第一芬兰日报》的领袖之一的哀禾（J.Brofeldt 的假名，一个芬兰牧师的儿子）的。

就在公布的第一册，他发表三篇故事，总题为《国民生活》的之中，他试在《父亲怎样买洋灯》和《铁路》这两篇故事里，将闯入的文明生活的势力，用诗的意象来体现了。最初的石油灯和最初

---

1 蒋百里（1882-1938）：名方震，浙江海宁人，军事教育家。
2 文艺复兴史：即蒋百里编纂的《欧洲文艺复兴史》。东方，指《东方杂志》。红毛书，指外文书。

的铁路，及于少年和老人的效力有种种的不同。人看出开创的进步来，但从夸口的仆人的状态上，也看出一切文化在最初移植时偕与俱来的无可救药的势力。而终在老仆 Peka 这人物上，对于古老和过去，都罩上了 Romantik〔浪漫的〕的温厚的微光。正如 Geijerstam〔未详〕所美妙的指出说，"哀禾对于人生的被轻蔑的个性，有着柔和的眼光。这功效，是他能觉着交感，不特对于方来的新，而且也对于方去的故。"但这些故事的奇异的艺术的效力，却也属于能将这些状态纳在思想和感觉态度里的哀禾的才能。

二弟览：

得四日函俱悉，雁冰令我做新犹太事[1]，实无异请庆老爷[2]讲化学，可谓不届〔不周到〕之至；捷克材料我尚有一点，但查看太费事，所以也不见得做也。

译稿中有数误字我决不定，所以将原稿并疑问表附上，望改定原车带回，至于可想到者，则我已径自校正矣。

猥公[3]冒雨出走，可称雪凉，而雄鸡乱啼亦属可恶，我以为可于夜间令鹤招[4]赶打之，如此数次，当亦能敬畏而不来也。

对于バンダン〔读作"吧唧"，形容滑倒的声音〕滑倒公〔指章锡琛〕不知拟用何文，我以为《无画之画帖》便佳，此后再添童话若干，便可出单行本矣。

五日信并稿已到，我拟即于日内改定寄去，该号既于十月方出，何以如此之急急耶。

脚短〔未详〕想比猥公较静，我以为《日华公论》文，不必大出力，而从缓亦可，因与脚短公说话甚难，易于出力不讨好也。你

---

1 做新犹太事：指沈雁冰约请鲁迅撰文介绍新犹太文学的事。
2 庆老爷：当指周庆蕃，鲁迅本家叔祖。清末举人，曾任江南水师学堂汉文教习。
3 猥（wēn）公：未详。
4 鹤招：王鹤照，当时周宅的佣人。

跋中引培因[1]语，然则序文拟不单译耶。

哀禾著作

一页前四行	或略早……	或字费解应改
二〔页前〕"五〔行〕	我应许你	应许二字不妥应酌改
〔二页〕"后一〔行〕	火且上来	且字当误
十四〔页〕前七〔行〕	我全忙了	忘之误乎？
〔十四页〕"后六〔行〕	很轻密	葹？

《伊伯拉亨》

八页前九行	沙烬	灰？

《巴尔干小说》目录中，Caragiale（罗马尼亚）的《复活祭之烛》，我是有的，但作者名字，我的《世界文学史》中全没有。Lazarević〔拉柴莱维支，塞尔维亚小说家〕的《盗》，我也有，但题目是《媒トシテノ盗》〔《盗为媒》〕。Sandor-Gjalski〔山陀尔·雅尔斯基，克罗地亚作家〕的两篇，就是我所有的他的小说集的前两篇，这人是克洛谛亚第一流文人，《斯拉夫文学史》中有十来行说他的事。而 Vetendorf〔未详〕，Friedensthal〔弗里登塔尔，德国作家〕，Netto〔涅特，巴西作家〕三位，则无可考，大约是新脚色也。

他们翻译，似专注意于最新之书，所以略早出板〔版〕的如レルモントフ〔莱蒙托夫，俄国诗人〕，シユンキウエチ〔显克微支，波兰作家〕之类，便无人留意，也是维新维得太过之故。我这回拟

---

1 培因：英国翻译家。曾译过《哀禾小说集》。

译的两篇，一是 Vazov〔伐佐夫，保加利亚作家〕的《Welko 的出征》，已经译了大半；一是 Minna Canth〔明娜·康特，芬兰女作家〕的《疯姑娘》；Heikki〔未详〕的《母亲死了的时候》因为有删节，所以不译也。

勃加利亚语 Welko＝狼，译婼¹注云"等于 Jerwot〔日尔沃，今属南斯拉夫〕和塞尔维亚的 Wuk，在俄 ＝Wolk，在波兰 ＝Wilk"。这 W 字不知应否俱改 V 字；又 Jerwot 是什么国，你知道否？

兄树　上　八月六日

---

1 译婼（jiě）：意为女译者，指《战争中的威尔珂》的德译者扎典斯加。

二弟览：

老三回来，收到信并《在希腊岛》，我想这登《晨报》，固然可惜，但《东方》也头里惑罗卜 [1]，不如仍以《小说月报》的被压民族号为宜，因其中有新希腊小说也。或者与你的《波兰文观》同时寄去可耳。

你译エフタクリチス〔蔼夫达利阿蒂斯，希腊小说家〕小说已多，若将文言的两篇改译，殆已可出全本耶？

子佩代买来《新青年》九の一〔第九卷第一号〕一本（便中当带上），据云九の二〔第九卷第二号〕亦已出，而只有一本为分馆买之，拟尚托出往寻。每书坊中殆必不止一本，而不肯多拿出者，盖防侦探，虑其一起拿去也。

九ノ一〔第九卷第一号〕后（编辑室杂记）有云：本社社员某人因患肋膜炎不能执笔我们很希望他早日痊愈本志次期就能登出他的著作。我想：你也不能不给他作或译了，否则《说报》之类中太多，而于此没有，也不甚好。

我想：老三于显克微支不甚有趣味，不如不译，而由你选译之，现在可登《新青年》，将来可出单行本。老三不如再弄他所崇拜之

———————————————

1 头里惑罗卜：《越谚》里面有"'头哩惑萝卜''勿得知'"的说法。

293

Sologub〔梭罗古勃〕也。

星期〔天〕我或上山，亦未可知，现在未定，大约十之九要上山也。

我译 Vazov〔伐佐夫〕，M.Canth〔明娜·康特〕各一篇已成，现与齐寿山校对，大约本星期中可腾〔誊〕清耳。

兄树　十七日夜

二弟览：

廿三日信已到。城内现在也冷，大约与山中差不多。我译カテセク〔凯拉绥克〕《斯拉夫文学史》译得要命了，出力多而成绩恶，可谓黄胖捣年糕[1]，但既动手，也不便放下，只好译下去，名词一纸，望注回。你为《新青年》译イバネヅ〔伊巴涅支，西班牙作家〕也好，其实我以为ゴーゴル〔果戈理，俄国作家〕，显克ウエチ〔显克微支〕等也都好，雁冰他们太骛新了。前天沈尹默绍介张黄〔张定璜〕，即做《浮世绘》的，此人非常之好，神经分明，听说他要上山来，不知来过否？

《或日ノ一休》〔《一日里的一休和尚》〕略翻诸书未见，或其新作乎？我们选译日本小说，即以此为据，不知好否？

闻孙公一星期内可来，系许羡苏[2]说，不知何据也。《小说月报》八号尚未来，也不知上海出否，沪报自铁路断后，遂不至（最后者十四日）。中国似大要实用新村主义[3]而老死不相往来矣。

---

1 黄胖捣（chōng）年糕：绍兴一带的歇后语，吃力不讨好的意思。黄胖，黄疸病人。

2 许羡苏：字淑卿，浙江绍兴人，许钦文四妹。

3 新村主义：十九世纪初源于法国的一种社会运动，主张辟地乡间，以合作互助为基础组织村落，作为理想社会的模范。

我们此后译作，每月似只能《新》，《小》，《晨》各一篇，以免果有不均之诮。《新》九の二〔第九卷第二号〕已出，今附上，无甚可观，惟独秀随感[1]究竟爽快耳。

《支那学》[2]不来，大约不送矣，尹默说，青木派亦似有点谬。余后谈。

兄树　八月廿五日夜

1 指陈独秀的随感录三篇：《下品的无政府党》、《青年底误会》和《反抗舆论的勇气》。
2 《支那学》：月刊，日本研究中国文学问题的刊物。

二弟览：

老三来，接到稿并信，仲甫信件当于明日寄去矣。我大为捷克所害[1]，"黄胖椿年糕""头里惑罗卜"悔之无及，但既已动手，只得译之。

雁冰译南罗达[2]作之按语，译著作家 Céch〔捷赫，捷克诗人〕作删〔删〕区，可谓粗心。

《日本小说集》目如此已甚好，但似尚可推出数人数篇，如加能[3]；又佐藤春夫似尚应添一篇别的也。

张黄今天来，大菲薄谷崎润一[4]，大约意见与我辈差不多，又大恶数泡メイ〔岩野泡鸣，日本作家〕。而亦不满夏目，以其太低佃云。

---

1 指翻译《近代捷克文学概观》一事。
2 南罗达（1834-1891）：通译尼鲁达，捷克作家。沈雁冰曾将他的《愚笨的裘纳》译载于《小说月报》第十二卷第八号。
3 加能作次郎（1886-1941）：日本作家。
　佐藤春夫（1892-1964）：日本作家，曾翻译鲁迅作品。
4 即谷崎润一郎（1886-1975）：日本作家。

又云郭沫若在上海编《创造》。我近来大看不起沫若田汉[1]之流。又云东京留学生中，亦有喝加菲（因アブサン〔苦艾酒〕之类太贵）而自称デカーダン〔颓废派〕者，可笑也。

西班牙话已托潘公查过，今附上。

兄树　八月廿九日

---

1 郭沫若（1892-1978）：四川乐山人，文学家，历史学家，社会活动家，创造社主要发起人之一。田汉（1898-1968）：字寿昌，湖南长沙人，戏剧家。

二弟览：

昨寄一信，想已达。

大打特打之盲诗人之著作[1]已到，今呈阅。虽略露骨，但似尚佳，我尚未及细看也。如此著作，我亦不觉其危险之至，何至于兴师动众而驱逐之乎。我或将来译之，亦未可定。

捷克文有数个原字（**大约近似俄文**）如此译法，不知好否？汝或能有助言也。

Narodni Listy 都市新闻

Poetické besedy 诗座

Vaclav z Michalovic 书名，但不知 z 作何解。

兄树 上 八月卅日

---

1 盲诗人之著作：指爱罗先珂的童话集《天明前的歌》。

二弟览：

今因齐寿山先生到西山之便，先寄上《净土十要》一部，笔三支，《妇女杂志》八号尚未到。

老三昨已行。姊姊[1]昨已托山本检查，据云无病，其所以瘦者，因正在"长起来"之故，今日已又往校矣。孙公有信来，因津浦火车之故，已"搁起"在浦镇十日矣云云。明日当有人上山，余再谈。

兄树　上　九月三日午后

---

1 指周作人的女儿周静子。当时在北京孔德学校读书。

二弟览：

昨日齐寿老上西山，托寄《净土十要》一部，笔三支并信，自然应该已经收到了。

エロ样〔爱罗先珂〕之童话我未细看，但我想多译几篇，或者竟出单行本，因为陈义较浅，其于硬眼或较有益乎。

此间科学会开会，南京代表云，"不宜说科学万能！"此语甚奇。不知科学本非万能乎？抑万能与否未定乎？抑确系万能而却不宜说乎？这是中国科学家。

五日起大学系补课而非开学，仍由我写请假信乎，望将收信处见告如"措词"见告亦可。

寄潘垂统之《小说月报》已可付邮乎？望告地址。

附上孙公信，可见彼之"搁起"情形也。

兄树　上　九月四日

二弟览：

　　某君之《西班牙主潮》送上。《小说月报》前六本尚在季市处，倘某君书中无伊巴ネヅ〔伊巴涅支〕生年，则只能向图书馆查之，因季市足疾久未到部也。

　　中秋寺赏俟问齐公后答。

　　女高师[1]尚无补课信来，但此间之信，我未能全寓目，以意度之，当尚未有耳，因男高师[2]亦尚无之也。

　　山本云：因自动车〔汽车〕走至御宅〔尊府〕左近而破，所以今日未去，三四日内当御伺フ〔拜访〕云云。其自动车故障一节虽未识确否，而日内御伺，则当无疑也。

　　土步君昨日身热，今日已全退，盖小伤风也。

　　胡适之有信来（此信未封，可笑！），今送上。据说则尚有一信，孙公藏而居于浦镇也。彼欲印我辈小说，我想我之所作于《世界丛书》不宜，而我们之译品，则尚太无片段，且多已豫〔预〕约，所以只能将来别译与之耳。

　　《时事新报》乞文，我以为可以不应酬也。

---

1 女高师：即北京女子高等师范学校。当时周作人在该校讲授欧洲文学史。
2 男高师：即北京高等师范学校。当时鲁迅在该校讲授中国小说史。

捷克罗卜，已于今日勉强迻完[1]，无甚意味，所以也不寄阅，雁冰又曾约我讲小露西亚〔俄罗斯〕，我实在已无此勇气矣。

商务印书馆之《妇女杂志》及《小说月报》，现在只存《说》第八（已〔以〕前者俱无）大约生意甚旺也。

余后详。

兄树　上　　九月四日夜

---

1 这里指译完《近代捷克文学概观》。

二弟览：

伊巴涅支〔小〕说[1]的末一叶〔页〕已收到了。

大学已有开课信来，我明日当写信去。女师尚无，此回开课，只说补课，尚未提及新学年功课，我想倘他来信，只要照例请假便可（由我写去），不必与说此后之事也。如何复我。

中秋节寺赏据齐寿山说如下：

大门	四吊	二门	六吊
南门即后门?	六吊如不常走则	方丈院听差	三或四元以上

四吊已够

兄树　上　九月五日夜

---

1 指西班牙作家伊巴涅支的《颠狗病》。

二弟览：

　　イバネツ〔伊巴涅支〕的生年，《小说月报》中亦无，且并
"五十余岁"之说而无之。此公大寿，盖尚未为史家所知，跋[1]中已改
为"现年五十余岁"矣。

　　查字附上，其中一个无着，岂拉丁乎？至于 Tuleries 则系我脱落
一i字，其为"瓦窑"无疑也。

　　光典[2]信附上，因为信面上还有"如在西山赶紧转寄"等等急煞活
煞的话。现代少年胜手〔随便〕而且我侭〔任性〕，真令人闭口也。署
签"断乎不可"！

　　我看你译小说，还可以随便流畅一点（**我实在有点好讲声调的弊
病**），前回的《炭画》生硬，其实不必接他，从〔重〕新起头亦可也。

　　孙公已到矣。

　　我十一本想上山，而是日早上须在圣庙敬谨执事，所以大约不
能上山矣。

　　余后谈。

兄树　上　九月八日夜

---

1 指周作人的《颠狗病》译后记。
2 即邰（tái）光典，因其筹办杂志函请周作人寄稿和题写刊头。

二弟览：

你的诗和伊巴涅支小说，已寄去。报上又说仲甫走出了，但记者诸公之说，不足深信，好在函系挂号，即使行卫〔去向〕不明，亦仍能打回来也。

现在译好一篇エロ君〔爱罗君〕之《沼ノホトリ》〔《池边》〕拟予孙公，此后则译《狭ノ笼》〔《狭的笼》〕可予仲甫也。你译的"清兵衛卜胡卢"〔《清兵卫与壶卢》〕当给孙公否，见告。

淮滨寄庐信寄上，此公何以无其"长辈"之信而自出鹿爪シイ〔装模作样〕之言殊奇。旁听不知容易否，我辈自无工夫，或托孙公一办，倘难，则由我回复之可也。

表现派剧，我以为本近儿戏，而某公一接脚[1]，自然更难了然。其中有一篇系开幕之后有一只狗跑过，即闭幕，殆为接脚公写照也。

批评中国创作，《读卖》中似无之，我从五至七月皆翻过（**内中自然有缺**）皆不见，重君[2]亦不记得，或别种报上之文乎？

コホリコ・コ〔日语意译：冰心〕之蓄道德云云，即指庐山叙旧而发，闻晨报社又收到该大学全体署名一信，言敝同人中虽有别

---

1 指宋春舫，浙江吴兴人，戏曲评论家。接脚，讽指接手。
2 重君：即日本人羽太重久，周作人的妻弟。

"藤娘"——博多人形（1932 年 9 月鎌田诚一赠鲁迅）

名"ピンシン"〔日语音译：冰心〕者，而未曾收到该项诗歌，然则被赠者当系别一ピンシン〔日语音译：冰心〕云云，大约不为之登出矣。夫被赠无罪，而如此龂龂[1]，殊可笑，与女人因被调戏而上吊正无异，诚哉如柏拉图所言，"不完全则宁无"也。

兄树　上　十一日下午

---

1 龂龂（yín）：忿嫉。

二弟览：

三弟今日有信，今寄上。

查武者小路[1]的《或曰ノ一休》系戏剧，于我辈之小说集不合，尚须别寻之。此次改定之《日本小说》目录，既然如此删汰，则我以为漱石只须一篇《一夜》，鸥外〔森鸥外，日本作家〕亦可减去其一，但《沉默之塔》太轻イ〔轻微〕，当别译；而若嫌页数太少，则增加别人著作（如武者，有岛〔有岛武郎，日本作家〕之类）可也。该书自然以今年出版为合，但不知来得及否耳。

我自从挤出捷克文学后，现在大被补课所轧，因趣味已无而须做讲义，是大苦也。此次已去补一次，高师不甚缺少，而大学只有听讲者五枚，可笑也。女师之熊[2]仍不走，我以为倘有信来，大可不必再答，即续假亦可不请，听其自然，盖感情已背，无可弥缝，而熊系魇子[3]，亦难喻以理或动之以情也。

我为《新青年》译《狭ノ笼》〔《狭的笼》〕已成，中有テャジ

---

1 武者小路实笃（1885-1976）：日本作家。鲁迅曾译过他的四幕剧《一个青年的梦》。

2 女师之熊：指熊崇煦（xù），字知白，湖南长沙人。曾留学日本。时任北京女子高等师范学校校长。

3 魇（yǎn）子：指迷乱无理智的人。

彩瓷金鱼壁瓶（1930 年代鲁迅收藏）

瓷质花篮（1930 年代鲁迅收藏）

鲁迅的玉石狐狸镇纸

瓷牛（1930 年代鲁迅收藏）

〔拉阇〕拟加注，查德文字典云"Rádscha, or Rájh= 土着〔著〕的东印度侯爵"未知即此否，以如何注法为合，望告知。至于老三之一篇，则须两星期方能抄成，拟一同寄去，因豫〔预〕算稿子，你已有两次，可以直用至第五期也。

中秋无月。今日《晨报》亦停。潘太太之作尚佳，可以删去序文，寄与《说报》，潘公之《风雨之下》，经改题而去其浪漫チク〔浪漫谛克〕之后，亦尚不恶也。但宫小姐之作，则据老三云：因有"日货"字样，故章公颇为踌躇。此公常因女人而バンダン〔读作"吧唧"，形容滑倒的声音〕，则神经过敏亦固其所，拟令还我，转与孙公耳。

《说报》于我辈之稿费，尚不寄来，殊奇。我之《小露西亚文学观〔观〕》系九日寄出，已告结束矣，或者以中秋之故而迟迟者乎。家中俱安，勿念。余后谈。

兄树 上 九月十七日

小刺猬：

昨天上午寄走三纸，你的上一封，想已收到了。十三在有沈钧杤的人来访我，主
午邀我到中央公园去饮，㑂得一人名郑颖荪，是女师大学
生，但是新书呆子之流，所以心跳觉谈，她说，马裕藻在回敬请书了，是一起人都请来谈
书了不用过节日，中央公园也是闹得要死，竟有人也是凤景大好。……后来
已闹过这许久，妨碍不少，但到下午五时才散，㑂有一人名郑颖荪，是
纵公园回来，收拾一下，读了未读完的信，外公理我们之理。……
的十九二十两页的刺猬，㑂看未读。小刺猬是怎样
心不选勤念我的鼻子更坏，却未见革刺。刺猬的鼻子谁坏，当仔细看，再谈谈。
这于帝为杨皮案那样，马刺帽阿拉大。但我竟然拂命軒，㑂醒了一次，再醒已是早上七坐钟。辣到
多了。十三话便骤然，一坐醒了一次，㑂昨天因为说法太
九三，便是现在，就起来寄这信。

达夫们们说闹于北新的话，大概印受了索们的影響的。北新门市每日不到

世親大人膝下敬稟者，十二月二日的來信早已收訖。心梅和
有信來說，云陰曆已活動工，但眼等完工後再來，此
項佳費，已由男預支去五十元，大約已兩差無幾，請
大人不必再向八道灣提起，免得因多一點，再起爭武至
于淘氣也。海嬰近來讀書，專在家裏揭書，拆破玩具，
但此比上年懂事得多，並較為聽話了。男及害馬均安
好，並請勿念。上海天氣漸冷，可穿棉袍，夜間要
冷，家中已于今日裝置火爐矣。徐太太須專此
布達。恭請

金安。

男 樹 叩上

十二月九日

致母亲信 / 鲁迅手迹

致周作人信 / 鲁迅手迹

鲁迅五十三岁合家照　摄于上海

鲁迅全家与冯雪峰全家合影
1931 年 4 月 20 日摄于上海

"海婴与鲁迅 一岁与五十"　　　　　　　　鲁迅五十岁生日全家照
1930 年 9 月 25 日摄于上海　　　　　　　　1930 年 9 月 25 日摄于上海

鲁迅与日本友人内山完造、山本实彦合影
1936 年 2 月摄于上海新月亭

鲁迅母亲鲁瑞

版　权／

策　划／

大星
文化

监　制／吴怀尧

主　编／中国作家榜

出　品／大星文化

联合出品／中广文影

出版人／谢清风

责任编辑／姚晶晶

特约编辑／李芬芳

执行编辑／张　媛　朱　慧　朱依倩

媒体运营／肖　露

封面设计／邵　飞

内文插图／方本幼　吕　乔

装帧制作／章　剑

文学总监 / 何三坡

视觉顾问 / 陈伟恩

法律顾问 / 梁　枫

传播顾问 / 邹振东

特别顾问 / 俞　昊　陈月明

投稿邮箱 / dxwh@vip.126.com

读者热线 / 021-60839180

官方微博 / @大星文化

作家榜官网 / www.zuojiabang.cn

作家榜官方微博 / @中国作家富豪榜

微信号 / 作家榜（zuojiabang）

扫扫作家榜，送你三大奖
一奖：亲临作家文化盛典
二奖：获赠经典讲堂门票
三奖：免费阅读百部经典

图书在版编目（CIP）数据

鲁迅经典全集：插图本珍藏版. 4, 家书集 / 鲁迅著；
中国作家榜编. —— 长沙：湖南人民出版社, 2015.9
（作家榜版鲁迅全集·星经典文库）

ISBN 978-7-5561-1011-7

Ⅰ.①鲁… Ⅱ.①鲁… ②中… Ⅲ.①鲁迅著作—全集
②鲁迅书简—选集 Ⅳ.①I210.1

中国版本图书馆CIP数据核字（2015）第192383号

全案策划

大星（上海）文化传媒有限公司

出版发行

湖南人民出版社 [http://www.hnppp.com]

长沙市营盘东路3号　邮编　410005

长沙超峰印刷有限公司印刷　新华书店经销

2015年9月第1版　2015年9月第1次印刷
880×1230毫米　32开本　10.5印张
字数：120千字
定价：59.00元

（如有印装质量问题影响阅读，请联系 021-60839180 调换）